LA TROISIÈME OREILLE

Illustration couverture : Vicky B. Artist

Illustration intérieure : Olivier Schmidt

XAVIER LARRIBÈRE

LA TROISIÈME OREILLE

Xavier Larribère

ISBN : 979-10-699-9967-1

Dépôt légal : novembre 2022

Impression à la demande

À mes parents,

À ma femme,

« Travaillez, prenez de la peine :

C'est le fonds qui manque le moins [...]. »

Fables, Jean de la Fontaine

« Le laboureur et ses enfants » Livre V, 9

Chapitre 1

Le Donjon, commune de l'Allier, Auvergne

Mardi 19 septembre 2017, 8 h 25

La sonnerie venait de retentir. Les élèves de la petite école rurale Philippe-Auguste vidaient la cour de récréation et laissaient derrière eux un silence apaisant. Les feuilles automnales rouge et or voletaient au gré d'une légère brise encore douce pour ce mois de septembre. Les rayons de soleil matinal perçaient les nuages et embrasaient lentement la cour qui, peu à peu, était envahie de mésanges et de chardonnerets.

Louis franchit le portail de l'école quelques secondes avant qu'il ne se referme puis courut vers sa classe. Dérangés, les oiseaux s'enfuirent précipitamment pour se cacher dans les arbres. Comme tous les matins depuis le début de l'année, Louis était en retard.

Au seuil de la porte, M. Hérin l'observait, les sourcils froncés. En arrivant devant son enseignant, le garçon balbutia un timide bonjour puis se dirigea vers sa place habituelle, près de la fenêtre.

Louis était en CM2, la dernière année de l'école primaire. C'était la classe des « grands », comme il l'entendait depuis plusieurs semaines, ce qui avait le don de l'agacer, car il n'avait pas vraiment la taille des enfants de son âge. D'ailleurs, avec ses cheveux en bataille et ses yeux noirs, certains élèves l'avaient affublé d'un surnom peu flatteur.

— Tu as vu, entendit-il derrière lui, le hobbit[1] est sorti de son trou !

Des rires moqueurs s'en suivirent. Cette voix, que Louis reconnaissait entre toutes, laissait présager de nouveaux ennuis.

Timéo. Regard enjôleur, charme naturel, modèle des garçons et favori des filles. Et pour couronner le tout, le meilleur élève de la classe. Bref, le plus

---

[1] Personnage de très petite taille aux pieds poilus créé par J.R.R Tolkien.

populaire de l'école. Mais personne n'est parfait, se rassurait Louis, et le défaut de Timéo n'était pas des moindres : un très mauvais esprit assorti d'un caractère bien trempé. Au dernier trimestre de l'année précédente, entouré de sa petite suite, il avait déjà importuné Louis ; mais réservé et intimidé, ce dernier n'avait rien osé dire et s'était laissé faire.

Et depuis la rentrée, malheureusement, la situation ne s'améliorait pas vraiment.

Comme à son habitude, Louis ne daigna pas répondre et continua d'observer la cour à travers la fenêtre. Timéo excellait dans l'art de la provocation et, soutenu par ses amis, il insista :

— Montre-nous tes pieds, on veut vérifier s'ils sont poilus !

Louis prit alors une longue inspiration puis se retourna calmement. Timéo, assis juste derrière lui, le fixait, un petit sourire aux coins des lèvres.

— Je présume que tu attends avec impatience les applaudissements de ton public ? lança Louis, étonné de son excès de confiance.

— Quoi ? répondit Timéo, hébété par la surprenante réaction de Louis.

— En tout cas, bravo pour ta prestation d'idiot du village !

Timéo, les joues rouges de colère, faillit s'étouffer. Jamais Louis ne lui avait parlé sur ce ton. Avec fureur, il tapa du poing sur la table et se leva brusquement.

— On règlera les comptes à la récréation !

— Laisse-le tranquille, entendirent-ils soudain.

Les deux garçons se tournèrent vers la charmante voix et Louis put alors mettre un visage sur cette intervention providentielle. Son cœur s'emballa aussitôt et une chaleur incontrôlable envahit ses joues.

Marie. Un petit ange aux yeux verts et aux longs cheveux châtains ondulés. Marie sa bienfaitrice. Marie, son amour caché. Marie, la fille de M. Hérin.

Surpris, Timéo écarquilla les yeux et dévisagea la jeune fille. Il ouvrit la bouche pour répliquer, mais aucun mot n'en sortit. Il se ressaisit, s'assit sur sa chaise et esquissa un sourire. Ses colères imprévisibles et excessives le rendaient intimidant si bien qu'aucun camarade n'osait lui tenir tête. Mais Marie n'était pas une camarade ordinaire : elle était la seule personne capable de le décontenancer.

Un claquement de mains mit fin à la querelle et le silence s'installa dans la classe. La quarantaine passée, barbe brune bien fournie, mais haut du crâne dégarni, M. Hérin observait ses élèves derrière ses fines lunettes aux verres rectangulaires. Ce regard, tous les enfants le connaissaient. Il y avait trop de bruit, surtout en ce début de matinée. Lorsque le calme revint, le visage de l'enseignant s'adoucit. Il écrivit au tableau une question de calcul et se retourna : une forêt de doigts se dressa instantanément.

Et c'est reparti, maugréa Louis, c'est encore et toujours la même chose : entrer en classe, s'assoir, sortir ses affaires, écouter le professeur, lever le doigt…

À travers la fenêtre, il surprit deux petits écureuils qui traversaient la cour puis qui grimpaient à l'un des grands châtaigniers.

— … n'est-ce pas, Louis ? Le ton de voix agacé de son enseignant le fit sursauter. Louis, soupira-t-il, nous venons à peine de commencer à travailler que tu rêvasses déjà ! Tu viendras me voir à la récréation.

Louis lança un rapide regard autour de lui et s'aperçut que toute la classe l'observait. Derrière lui, Timéo ricana. Un coup d'œil vers Marie : la tête baissée, elle semblait soucieuse.

***

Mardi 19 septembre 2017, milieu de matinée

Timéo, adossé à l'un des châtaigniers de la cour, attendait Louis. Entouré de trois de ses camarades, il jetait des coups d'œil vers la porte de la classe encore fermée. Lorsque Louis sortit enfin en récréation, Timéo se redressa et s'approcha de lui en jouant des épaules. Louis, la tête baissée, ne le vit pas arriver et le bouscula sans le vouloir.

— Tu ne peux pas faire attention ?

Louis leva les yeux vers Timéo : il devait avoir une tête et demie de plus que lui et ses bras étaient aussi larges que ses propres cuisses.

— Excuse-moi, dis Louis du bout des lèvres, j'étais dans mes pensées.

— J'en ai rien à faire ! Je suis sûr que tu l'as fait exprès !

— Ce n'est pas vrai, et tu le sais puisque je ne t'ai pas vu.

Plusieurs élèves, ameutés par les cris de Timéo, se rapprochèrent de l'altercation et un cercle se forma rapidement autour des deux garçons. Des deux mains, Timéo poussa brusquement Louis qui, surpris, tomba en arrière, manquant de peu de se cogner la tête contre la margelle située au pied de l'arbre.

— Ça, c'est pour m'avoir bousculé. Et ça, c'est pour m'avoir mal parlé en classe ce matin.

Il s'approcha de Louis et lui flanqua un coup de pied dans le ventre. Il s'apprêta à lui en donner un second lorsqu'il entendit crier son prénom. Il se retourna, le visage rouge de colère. Marie, les poings sur les hanches, s'avançait vers lui d'un pas décidé.

— On ne t'a jamais appris qu'il ne fallait pas frapper les autres, surtout s'ils sont au sol ?

Timéo n'en croyait pas ses oreilles.

— Il m'a manqué de respect. Et personne n'a le droit de me manquer de respect, surtout pas le hobbit !

— Et en l'appelant de cette façon, ne crois-tu pas que tu lui manques de respect ? Il a un prénom, il me semble !

Timéo était hors de lui : Marie osait lui tenir tête. Avant de s'approcher de la jeune fille, il se tourna vers Louis et le pointa du doigt :

— J'en ai pas fini avec toi, hobbit !

— Que comptes-tu faire ? dit calmement Marie lorsqu'il arriva à sa hauteur.

Les yeux dans les yeux, elle ne cillait pas.

— Tu as de la chance d'être une fille, finit-il par dire, sinon tu aurais déjà reçu une bonne raclée.

Marie secoua la tête et l'ignora. Elle se dirigea vers Louis et essaya de le relever. Deux camarades vinrent rapidement l'aider. Timéo les laissa faire puis leva les yeux : M. Hérin, dans l'encadrement de la porte de la classe, observait la scène, les bras croisés.

D'un signe de la main, il fit signe à Timéo de le rejoindre. Lorsque le garçon passa devant les quatre amis, il leur lança un regard empli de hargne.

« Merci », dit simplement Louis, le visage crispé et la main sur le ventre.

— Mon père a tout vu, dit Marie, il va certainement punir Timéo.

— Ce n'est pas la meilleure idée. Il ne va pas en rester là et se vengera tôt ou tard.

— Ne t'inquiète pas, intervint l'un des deux garçons venus l'aider à se relever, on sera avec toi.

Plutôt grand et bien bâti pour son âge, il était aussi imposant qu'il était doux comme une peluche. Louis appréciait sa gaucherie et sa simplicité.

— Merci, Hervé, je n'en doute pas.

Amaury, quant à lui, avait les cheveux longs attachés en queue de cheval. Sa peau d'une pâleur inquiétante donnait l'impression qu'il était perpétuellement malade. Très mûr pour son jeune âge, il avait sauté une classe.

— Comment va ton ventre ? demanda-t-il

— Mieux.

— Bon, c'est déjà ça. Sinon, que t'a dit M. Hérin ?

— Toujours le même refrain, mentit Louis.

Amaury s'approcha un peu plus de Louis et planta ses yeux dans les siens. Il y lut de la colère mêlée de préoccupation.

— C'est la deuxième fois, depuis le début de l'année, que M. Hérin te garde en classe pendant la récréation. Et chaque fois, tu en ressors excédé.

— C'est bon, bougonna Louis.

— Non ce n'est pas bon ! Je m'inquiète pour toi.

— On s'inquiète pour toi, intervient Hervé.

— Merci, mais je vais bien. C'est juste qu'en ce moment, je préfère être seul.

— Ce n'est pas qu'en ce moment. Cela fait quelque temps, déjà.

Louis haussa les épaules puis regarda Marie qui n'avait rien dit jusque-là.

— Marie, je… tu… enfin… bredouilla-t-il.

— De rien, dit-elle en souriant avant de courir vers ses amies qui l'attendaient sous le préau.

Depuis le décès de son père, l'hiver dernier, sa mère avait sombré dans un mutisme très préoccupant et Louis n'avait pas d'autre choix que de l'aider et de se débrouiller tout seul.

Hervé et Amaury aimaient beaucoup leur ami. Ensemble dans la même classe depuis trois ans, les deux camarades avaient plus ou moins réussi à percer son épaisse carapace et le connaissaient un peu mieux que les autres. De son côté, Louis les considérait comme ses seuls amis et appréciait leur compagnie, même s'il semblait montrer le contraire.

— Au fait, finit-il par dire, nous n'avons toujours pas commencé notre exposé prévu pour la semaine prochaine.

— Effectivement, acquiesça Amaury, mais rappelle-toi que le sujet n'est pas évident.

— Alors il faut s'y mettre, confirma Hervé. Quel est le sujet, déjà ?

— La musique au Moyen-âge.

Hervé fronça les sourcils et posa son gros index sur ses lèvres.

— J'ignorais que la musique existait au Moyen-âge.

— Parfois, je me demande ce que tu n'ignores pas, railla Amaury.

— Je connais beaucoup de choses, s'offusqua Hervé.

— C'est sûr, vu le temps que tu passes devant tes jeux vidéo !

Hervé haussa les épaules et croisa les bras sur sa poitrine. Louis ne put s'empêcher de rire.

La sonnerie retentit.

— On se voit ce week-end, alors ? dit Amaury. Les garçons acquiescèrent puis se mirent en rang.

Chapitre 2

Le Donjon, école Philippe-Auguste

Mardi 26 septembre 2017, milieu de matinée

Debout, face à l'ensemble des élèves, Louis, Amaury et Hervé venaient de terminer la présentation de leur exposé. Un silence pesant régnait dans la classe. Assis à son bureau situé près du tableau et dos aux fenêtres, M. Hérin, les bras croisés, observait les trois camarades par-dessus ses lunettes rectangulaires. La façon dont il les fixait en disait long sur la qualité de leur travail. Amaury, les sourcils froncés, fusilla du regard son ami Louis qui l'ignora parfaitement.

Pourquoi m'en veux-tu, Amaury ? Je m'y suis peut-être pris très tard mais j'ai fait ma part de boulot !

Hervé, affolé, baissa la tête ; s'il avait pu se glisser entre le tableau et le mur, il l'aurait fait sans aucune hésitation.

Au bout d'un petit moment, M. Hérin quitta son bureau et se dirigea vers le fond de la classe, les mains dans le dos.

— C'est de ta faute, Louis, lâcha Amaury du bout des lèvres, rouge de colère.

Louis haussa les épaules. À côté de lui, Hervé commençait à pleurer.

Le week-end précédent

Le samedi après-midi, les trois garçons s'étaient retrouvés chez Amaury afin de se répartir le travail et préparer sérieusement leur exposé. Après discussion, il avait été décidé que Louis se consacrerait à l'étude des principaux instruments de la musique médiévale. C'était l'exercice le moins contraignant, avait jugé Amaury, mais il avait préféré ne rien dire pour ne pas brusquer son ami qui avait accepté de travailler avec eux sans vraiment rechigner, et c'était déjà bien !

Mais une fois rentré chez lui, les soucis familiaux de Louis avaient refait surface et l'avaient forcé à mettre de côté ses devoirs.

Après avoir refermé la porte d'entrée, il avait trouvé la maison silencieuse mais il savait pertinemment que sa mère était là, à l'étage. Avant de monter dans sa chambre, il avait jeté son cartable au pied des marches de l'escalier, s'était dirigé vers la cuisine et avait ouvert le réfrigérateur. Sans surprise, il était quasiment vide. Encore une fois, le garçon allait devoir faire les courses. Tout en se servant un grand verre de jus de pomme, Louis avait remarqué, sur la table de la cuisine, l'habituelle boîte de médicaments à moitié entamée. Une fois son jus de fruits avalé d'une seule traite, il avait ramassé son cartable et monté l'escalier.

Avant d'entrer dans sa chambre, il s'était arrêté devant celle de sa mère. La porte était entrebâillée. Discrètement, il avait passé la tête : les volets étaient à l'espagnolette et les fenêtres grandes ouvertes. Sa mère dormait : elle était allongée sur le grand lit et serrait dans ses bras le gros oreiller de son époux.

Malgré la légère brise qui rafraîchissait la pièce, une bougie blanche se consumait sur la table de chevet, près d'une petite figurine à l'effigie de la Vierge Marie. Juste au-dessus, accroché au mur, le Christ semblait, lui aussi, dormir sur sa croix. Une boule s'était formée dans sa gorge, mais Louis avait pris sur lui. Il s'était glissé silencieusement dans la chambre et avait fermé délicatement les fenêtres. Sa mère n'avait pas bougé. En sortant, il avait rabattu la porte.

Comme toutes les fois où il était rentré dans sa propre chambre, le garçon avait lâché son cartable au pied du lit et s'était arrêté devant l'étagère située au-dessus de son bureau. Il avait attrapé le long étui noir qui trônait entre une maquette de château médiéval et un épais livre d'Histoire puis l'avait déposé sur le lit. Il l'avait ouvert avec précaution et soulevé l'étoffe rouge qui protégeait la magnifique clarinette dorée de son père.

Tu me manques, papa.

Du bout des doigts, Louis avait délicatement caressé l'instrument avant de refermer l'étui, puis il s'était allongé sur le lit, une main posée sur la boîte et avait fini par s'assoupir.

Le bruit caractéristique de vaisselle que l'on manipulait l'avait réveillé en sursaut. Dehors, le soleil était passé derrière les collines, assombrissant alors la chambre. Sa mère devait préparer le repas : des pâtes, peut-être, ou du riz. Comme hier. Et certainement comme demain et le reste de la semaine.

Louis s'était soudainement souvenu des recherches qu'il avait à faire pour son exposé prévu le lendemain matin et il n'avait strictement rien fait. À peine avait-il eu le temps de s'installer à son bureau que sa mère l'avait appelé. Une fois arrivé dans la cuisine, il l'avait trouvée assise — ou plutôt affalée — sur l'une des chaises, un bras accoudé sur la table et la tête posée sur sa main.

— Je suis très fatiguée, Louis, avait-elle marmonné d'une voix lugubre. Non sans effort, elle avait péniblement relevé la tête. Son visage émacié était pâle et ses yeux brillaient à cause de la fièvre.

— Je vais préparer à manger, maman, ne t'inquiète pas. Appuis-toi sur moi, je vais t'aider à remonter dans ta chambre.

— Merci mon chéri.

Une fois dans son lit, elle s'était endormie et ne s'était réveillée que le lendemain matin. Dans la cuisine, Louis s'était concocté un croque-monsieur à la va-vite, s'était servi un grand verre d'eau, épluché une pomme et posé le tout sur un plateau avant de monter dans sa chambre.

Assis sur son lit, le dos contre le mur et le plateau sur les genoux, il avait allumé sa télé et sa console puis lancé la dernière sauvegarde de son jeu vidéo « L'Anneau des Seigneurs ».

Par réflexe, il avait regardé son horloge puis soupiré : l'heure de se coucher était passée depuis bien longtemps. *Quel loisir chronophage ! J'ai l'impression d'avoir allumé la console il y a seulement quelques minutes !*

À peine avait-il posé sa manette qu'une idée avait germé dans son esprit : pourquoi perdre son temps à chercher en vain des informations alors que la réponse se trouvait exactement sous ses yeux ? Son jeu vidéo allait faire le travail à sa place !

Progressant dans un monde médiéval féérique aux puissants sorciers et aux dragons cruels, le héros, un chevalier à l'armure étincelante et à l'épée d'acier, devait accomplir de nombreuses quêtes. Parmi celles-ci : retrouver plusieurs instruments de musique magiques.

Ni une, ni deux, Louis avait attrapé une feuille et de quoi écrire. Consciencieusement, il avait répertorié tous les instruments déjà acquis précédemment puis avait évolué dans le jeu afin d'allonger la liste. La nuit avait été interminable, mais fructueuse…

— Selon toi, Amaury, Louis est donc fautif, demanda M. Hérin, adossé au mur du fond. Pourrais-tu m'en expliquer la raison ?

Amaury ne sut que répondre.

— Qui serait capable de me donner la définition du mot *faute*, continua l'enseignant en observant l'ensemble de la classe.

Louis leva timidement la main sous le regard étonné de tous ses camarades.

— Je t'écoute, Louis.

— Je pense qu'une personne est fautive si elle manque à sa promesse.

— Je suis d'accord avec toi ; mais alors, si cette personne est fautive, ne commet-elle pas également une *erreur* ?

— Non, affirma Louis, car une erreur est involontaire.

M. Hérin sourit.

— Ton camarade Amaury a-t-il donc raison lorsqu'il te dit que tu es fautif ?

Louis regarda son ami.

— Oui.

— Bien, acquiesça l'enseignant. Le manque de sérieux n'est pas involontaire, et venir à l'école sans avoir fait le travail demandé depuis plusieurs jours est un acte délibéré. A fortiori, une faute.

M. Hérin revint vers le tableau et s'arrêta devant les trois garçons :

— Votre exposé est à recommencer pour la semaine prochaine, conclut-il avant de se diriger vers son bureau.

Un silence imposant régnait dans la classe. Ils regagnèrent leur table déçus et contrariés.

Lorsque la matinée s'acheva enfin, Louis poussa un soupir de soulagement. Alors que le garçon était en train de fermer son cartable, il ne vit pas M. Hérin s'approcher de lui. Ce dernier attendit que tous les élèves aient quitté la classe pour se saisir d'une chaise et la placer en face de son élève. D'un geste de la main, il lui fit signe de se rassoir avant de s'assoir lui-même. Louis, qui avait déjà vécu cette situation embarrassante plusieurs fois, patienta le temps que M. Hérin prenne la parole.

— Comment vas-tu, Louis ? demanda-t-il en connaissant parfaitement la réponse.

— Bien, répliqua le garçon en haussant les épaules.

M. Hérin s'adossa à la chaise.

— Ce que tu vis depuis le décès de ton père n'est pas facile, j'en suis bien conscient ; mais ce n'est pas en continuant ainsi que tout va s'arranger.

— Je n'ai pas vraiment le choix…

— En es-tu bien certain ? Connais-tu la fable du Chaton, du Loup et de la Mort ?

— Non.

— Alors, écoute, dit M. Hérin en s'accoudant sur le bureau de Louis.

À l'étage d'une petite grange, un chaton vivait avec sa mère et ses quatre frères et sœurs, cachés derrière une botte de foin. Dernier de la portée, il n'était pas bien gros, mais tout allait pour le mieux : la paille les réchauffait lorsqu'il faisait froid, le ruisseau les désaltérait et le champ voisin leur procurait de quoi se nourrir tous les jours. Cependant, le chaton grandissait bien moins vite que le reste de la portée. La mère s'en rendit compte rapidement et, considérant que son dernier-né était trop frêle pour survivre, décida de l'abandonner. Ainsi, en pleine nuit, Mère Chatte et sa progéniture quittèrent la grange.

Au lever du jour, comme tous les matins, le chaton sortit de son abri et s'étonna de ne voir personne. Le silence inhabituel l'inquiéta. Il commença par appeler sa maman, en vain, puis se mit à fouiller tous les recoins du bâtiment. Lorsqu'il prit conscience de sa solitude, il ne cessa de miauler et de pleurer toutes les larmes de son petit corps.

Le grincement de la large porte de la grange le fit sursauter. Fatigué et paralysé de peur, le chaton se précipita derrière la botte de foin. Discrètement, il sortit sa tête et vit avec épouvante un imposant loup noir. L'énorme bête se déplaçait avec grâce tout en observant les lieux, puis finit par s'assoir au milieu de la pièce et, d'une voix grave, mais étonnamment affable, se mit à parler :

— Tu peux te montrer, Petit Chat. Tes pleurs ne sont pas passés inaperçus et des prédateurs commencent à rôder non loin de la grange.

Le chaton pointa son museau hors de son abri. Progressivement, il s'approcha de l'échelle, mais préféra rester en hauteur.

— Que fais-tu tout seul ? continua le loup en levant la tête.

— Les miens m'ont abandonné.

— J'en suis navré. Sais-tu pourquoi ?

— Non.

Le loup avança et s'assit au pied de l'échelle. Le chaton recula.

— Tu n'as rien à craindre, petit. Je suis vieux et j'ai déjà mangé, plaisanta-t-il. Un silence pesant s'installa. Ce que je vais te dire ne va pas vraiment te rassurer. Ta mère ne t'a pas abandonné sans raison, mon jeune ami, et rien qu'en te regardant, la raison me semble assez évidente.

— Mais je ne suis pas responsable de mon état ! dit le chaton d'une voix chevrotante.

— Effectivement que tu ne l'es pas, sourit le loup. Sache que derrière cette porte, le monde extérieur est cruel, mais ce n'est pas en t'apitoyant sur ton sort que tu vas t'endurcir. Avec le temps, tu apprendras que Mère Nature chérit ses enfants plus que tout, mais que, malheureusement, elle a un gros défaut. Saurais-tu me dire lequel ? Le chat secoua la tête. Elle est très capricieuse ! continua le Loup en souriant. Elle peut faire don d'admirables qualités comme d'accablantes faiblesses. Et tout ça, sans aucune raison valable. Étonnant, tu ne trouves pas ?

Le chaton ne répondit pas.

— Mère Nature ne t'a pas gâté. C'est aussi simple que cela.

— Mais c'est cruel !

— Bien sûr que c'est cruel, mais caprice et cruauté ne sont pas incompatibles.

— Je ne sais ni chasser ni me défendre, gémit le chaton, je ne survivrai pas dehors.

Le loup se mit à rire.

— Tu as raison. Sauf si tu fais en sorte d'y arriver. C'est pourquoi, si tu le désires, je peux t'enseigner tout ce dont tu as besoin pour affronter le monde extérieur avec sérénité.

— Pourquoi ferais-tu une chose pareille ? Je ne t'apporterai rien.

— Détrompe-toi. Nous, les loups, avons très mauvaise réputation. En t'apprenant ce que je sais, je servirai à autre chose qu'à effrayer tout le monde. Et puis, je suis plutôt libre en ce moment, plaisanta-t-il.

Le chaton esquissa un sourire puis s'approcha lentement du rebord.

— Cela me ferait plaisir.

— Bien. C'est la réponse que j'attendais.

C'est ainsi que le loup et son jeune apprenti se retrouvèrent quotidiennement. Le chaton, impliqué et volontaire, observait et reproduisait du mieux qu'il pouvait les faits et gestes de son mentor. Le jour, ils s'efforçaient d'améliorer sa détente et son équilibre en sautant de rocher en rocher ou en grimpant dans les arbres. La nuit, ils se rendaient au cœur de la forêt afin de développer ses capacités à se déplacer silencieusement ou à écouter et reconnaître tous les bruits de la nature utiles pour la chasse.

Cependant, malgré toute son implication, le loup comprit que son entreprise était vaine : les semaines passaient et aucun véritable progrès n'était visible. Pire, le chaton qui avait pris conscience de ses difficultés baissait les bras jour après jour, si bien qu'un matin, il refusa de rejoindre le loup et préféra rester cloîtré entre les bottes de foin. Le mentor, qui commençait à s'épuiser physiquement et moralement, prit une décision :

— Je t'ai appris tout ce que je savais et j'ai fait tout ce que j'ai pu pour faire de toi un bon prédateur. Tu dois maintenant continuer sur ta lancée et ne jamais t'arrêter. J'ai confiance en toi, car tu en es capable.

Le loup, affligé de devoir mentir aussi éhontément, quitta la grange sans se retourner et ne revint plus jamais. Le chaton, à nouveau seul, ne fut pas dupe et sombra dans la mélancolie. Chaque jour, à la même heure, il caressait l'espoir de voir réapparaître le loup, mais la grande porte du bâtiment restait inévitablement fermée.

L'hiver arriva sans prévenir et la neige s'installa rapidement. Un matin, peu avant l'aube, le chaton, transi de froid et le ventre creux, se réveilla d'un coup, persuadé qu'on l'observait. Il leva péniblement la tête et vit près de lui la Mort, assise sur une botte de foin. Le chaton ne pouvait pas bouger, tétanisé par la peur.

— Calme-toi, dit la Mort d'une voix profonde, ce n'est pas encore ton heure. Je ne voulais pas te réveiller, mais puisque c'est le cas, je dois t'annoncer une mauvaise nouvelle.

Le chaton aurait voulu lui répondre, mais ses paroles étaient coincées au fond de sa gorge. La Mort se mit à rire :

— Tu me diras, railla la Mort, pour la mauvaise nouvelle, ce n'est pas vraiment surprenant ! Plus sérieusement, Maître Loup n'est plus. Il m'a rejoint quelques minutes environ avant le coucher du soleil. Le chaton ne put s'empêcher de sangloter.

— Je pense que tu aurais aimé le revoir. Sache qu'il n'était pas loin d'ici lorsqu'il s'est écroulé sur le chemin. Quand je me suis approché près de lui, il m'a prié de te transmettre ces mots : j'ai retrouvé ta mère. Elle est en danger. Tu dois la sauver. Le chaton se mit à pleurer à chaudes

larmes sans savoir réellement s'il était triste d'apprendre la Mort de son mentor ou heureux de rejoindre sa mère. Lorsqu'il se calma et qu'il rouvrit les yeux, la Mort avait disparu. À travers les planches de bois, les premiers rayons du soleil éclairaient la grange. Le chaton descendit de son abri et ouvrit la porte. La neige avait commencé à fondre avec la chaleur du soleil, mais une grosse flaque d'eau trônait devant l'entrée du bâtiment et empêchait le chat de sortir. Tiraillé entre le désir de retrouver sa mère et son ineffable sentiment de ne pas être capable de sauter par-dessus l'obstacle, il baissa la tête et observa la flaque. En apercevant son reflet, il lui donna un grand coup de patte empli de colère et de dégoût.

Lorsque l'eau redevint lisse, le visage de son mentor se dessina sur la surface. Le chaton releva aussitôt la tête, mais, naturellement, il ne vit personne. Il regarda une troisième fois dans l'eau et, cette fois-ci, fixa son propre reflet droit dans les yeux :

— Je suis un chat, mais je possède l'esprit d'un loup sauvage. Mère Nature s'est moquée de moi, je vais lui faire prendre conscience de son erreur.

Le chaton banda ses muscles et s'envola au-dessus de la grosse flaque pour atterrir de l'autre côté avec grâce et souplesse. Sans un regard derrière lui, il courut droit devant lui.

M.Hérin s'arrêta là, se redressa sur sa chaise et croisa les bras sur sa poitrine :

— Ma fable n'est pas terminée, Louis, que manque-t-il ?

— La morale, répliqua Louis, sinon ce n'est pas une fable.

L'enseignant sourit, peu étonné de sa réponse.

— Exact. Et quelle est-elle ?

Louis regarda par la fenêtre un petit moment.

— Prendre conscience de ses propres faiblesses, c'est développer la confiance en soi.

M. Hérin en resta sans voix. Puis il se mit à applaudir.

— Je n'ai rien à ajouter. En vingt ans de carrière, je n'ai jamais eu un élève aussi doué que toi. C'est pour cela que, malgré les problèmes familiaux que tu rencontres, tu ne dois pas oublier de penser à toi. Tu as toutes les compétences qu'il faut pour prendre confiance en toi. Et je suis là pour t'aider. Comprends-tu maintenant les raisons pour lesquelles je ne te lâche pas d'une semelle ?

Le jeune garçon, troublé par la révélation inopinée de son enseignant, acquiesça.

— J'ai bien vu le regard que t'a lancé Amaury lorsque vous avez terminé votre exposé. Il t'en veut, c'est évident. Il t'en veut de n'avoir rien fait. Tu imagines bien que je suis de son avis…

Louis s'enfonça dans sa chaise.

— C'est pourquoi je te propose un marché, déclara M. Hérin en s'appuyant sur le dossier de sa chaise. Cela te permettra, entre autres, de prendre confiance en toi et regagner la confiance de ton ami.

Pour votre prochain exposé, tu vas devoir effectuer une recherche supplémentaire. Tout seul. Ne considère pas ce travail comme une sanction, même si ça en a tout l'air, mais plutôt comme une chance de progresser. Cela te semble-t-il honnête ?

— Quel genre de recherche ?

— Tu n'as pas répondu à ma question.

Louis regarda ses mains.

— Je n'ai pas vraiment le choix, finit-il par dire.

L'enseignant sourit, mais rapidement son visage redevint grave. Il s'approcha tout près de Louis et lui murmura : « Trouve la troisième oreille ».

— La troisième oreille ? demanda-t-il déconcerté, qu'est-ce que c'est ?

— Une sorte de quête. D'ailleurs, il me semble que ce terme est souvent utilisé dans les jeux vidéo… Tu dois trouver ce qu'est la troisième oreille.

— Je sais ce que c'est qu'une quête, mais je ne comprends pas le rapport avec moi.

— Tu finiras par comprendre, je te l'assure. Tu devras te faire confiance et te servir de ta tête. Sache simplement que tu en es capable. Comme je te l'ai dit précédemment, je suis là pour t'aider. Rends-toi à la bibliothèque municipale et rapproche-toi d'Amélia, l'une des archivistes. Quand tu l'auras rencontrée, renseigne-toi pour savoir où te procurer Le Manuscrit.

— Le Manuscrit ? Il n'a pas de titre, ce livre ?

— Ce n'est pas un livre ordinaire, Louis. Trouve Amélia.

M. Hérin se leva et regarda Louis avec insistance.

— Je compte sur toi. Maintenant, tu peux sortir.

Chapitre 3

Le Donjon,

Mercredi 27 septembre 2017, milieu d'après-midi

Fouetté par la pluie, Louis pédalait à perdre haleine sur son vélo, non pas tant à cause du mauvais temps, mais du fait de terminer rapidement sa prétendue quête. La veille, lorsque M. Hérin lui avait exposé ce qu'il attendait de lui, il n'avait pu expliquer ce qu'il ressentait au fond de lui : un mélange d'inquiétude mêlée de curiosité. Il n'avait pas réussi à dormir, ressassant les échanges qu'il avait eus avec son enseignant. Dès que la bibliothèque avait ouvert ses portes, il avait pris son vélo et quitté la maison.

Il ne cessait de pleuvoir depuis le début de la matinée. De grosses gouttes froides qui traversaient les vêtements et pénétraient jusqu'aux os. Et comme si cela ne suffisait pas, un vent glacial giflait son visage.

Louis parcourut à toute vitesse le grand parc du Plessis[2] jusqu'à atteindre l'escalier de la Mairie du Donjon. Lorsqu'il arriva sous le porche de l'imposante demeure, il était trempé et transi.

Prévoyant, il s'était muni d'un sac à dos et avait emporté des vêtements secs. À l'abri dans le hall, il se changea rapidement en prenant soin de laisser ses affaires mouillées dans un coin, près de l'entrée.

La bibliothèque municipale, située au sein même du bâtiment, était plutôt bien fréquentée en ce mercredi après-midi pluvieux et Louis eut du mal à interpeller l'une des trois bibliothécaires, trop occupées à renseigner les amateurs de livres. Au bout d'un long moment, il prit conscience qu'il lui serait impossible d'en aborder une. Il finit par renoncer et, déçu, se dirigea vers la sortie. En attrapant la poignée, il remarqua une plaque nominative apposée sur l'une des portes à sa gauche : *Mme MANCA Amélia.*

---

[2] Il s'agit de l'ancien parc d'un château du XIXème siècle devenu, aujourd'hui, l'hôtel de ville du Donjon.

Le jeune garçon frappa.

Aucune réponse.

Il prit une grande inspiration puis ouvrit la porte en douceur. La pièce était sombre, uniquement éclairée par une étroite fenêtre, aux volets entrouverts. Face à lui se trouvait un large bureau couvert de piles de livres toutes plus hautes les unes que les autres. De chaque côté se dressaient d'immenses bibliothèques murales pleines à craquer.

Louis pénétra dans la pièce et s'avança prudemment tout en évitant de marcher sur les nombreux ouvrages dispersés sur le sol.

— Madame Manca ?

Silence. Personne.

Louis recula vers la porte en faisant à nouveau attention à ne pas écraser les livres. Mais à peine avait-il posé sa main sur la poignée qu'il entendit le son caractéristique d'un stylo tomber sur une feuille de papier. Il se retourna et aperçut une tête émerger d'une des montagnes de livres empilés sur le bureau.

Dans la pénombre, il lui était impossible de distinguer les traits de son visage.

— Je t'attendais, Louis.

La voix était douce et rassurante.

— C'est M. Hérin qui m'envoie. Il m'a dit que vous pourriez me renseigner au sujet d'un manuscrit.

— *LE* Manuscrit, corrigea Amélia en chuchotant. Et ne parle pas si fort. Elle plaqua un frêle doigt osseux sur ses lèvres.

L'archiviste quitta lentement son bureau et, sans vérifier où elle mettait les pieds, s'avança vers Louis avec agilité C'était une petite femme aux cheveux noir ébène, très mince et légèrement bossue. Peu de rides parcheminaient son visage, mais elle semblait néanmoins assez âgée. Elle s'approcha de Louis, chaussa ses lunettes aux verres épais et observa le garçon un long moment. Il remarqua alors avec étonnement qu'ils étaient de la même taille. Puis, sans mot dire, elle se dirigea vers la porte d'entrée et la ferma à clé.

— Suis-moi, murmura-t-elle.

Elle s'avança vers l'une des bibliothèques murales et déplaça un petit livre en cuir. Louis entendit un léger cliquetis et découvrit avec stupeur le meuble coulisser lentement vers la droite. L'archiviste se retourna vers le garçon et fit un geste du doigt pour l'inviter à la suivre.

Derrière le meuble se trouvait une seconde salle, encore plus obscure que la première. Un relent de renfermé flottait dans l'air. De toute évidence, personne n'y était entré depuis un certain temps. La pièce était totalement dépourvue de fenêtres si bien qu'il était difficile d'en apprécier les contours. Après avoir fait quelques pas, Louis entendit à nouveau le cliquetis suivi d'un frottement : la bibliothèque se refermait derrière lui. Il se retrouva alors dans le noir complet.

— Qu'attends-tu, Louis ? lança la vieille femme devant lui. Avance !

— Je… Je ne vois rien, bégaya-t-il, je ne sais même pas où je mets les pieds…

— C'est tout droit.

Les mains en avant, Louis progressait à l'aveuglette. Il finit par apercevoir, devant lui, une très faible lueur.

— Arrête-toi et ouvre grand tes yeux, dit la femme âgée.

Au bout de quelques instants, il réussit à discerner un lutrin en fer sur lequel reposait un livre ancien. En s'approchant un peu plus, il s'aperçut que le vieil ouvrage se trouvait à l'intérieur d'une épaisse châsse en verre.

— Tu as devant toi le Manuscrit. Il t'aidera pour mener à bien ta quête.

— Vous connaissez la Troisième Oreille ? s'étonna le garçon.

— Oui. Et non. Ma contribution s'arrête ici.

— Pardon ? Mais alors que dois-je faire avec ce Manuscrit ? M. Hérin m'a assuré que vous pourriez m'aider.

— C'est ce que je viens de faire.

La vieille femme porta ses mains à son cou et extirpa une fine chaînette où pendait une petite clé. Elle s'approcha du lutrin, enfonça la clé sous la châsse puis tira. Le Manuscrit, posé sur un tiroir dissimulé, émergea de son cercueil de verre.

— Ouvre-le, dit-elle, et regarde.

Louis entrouvrit délicatement le livre et le feuilleta. Surpris, il se tourna vers l'archiviste.

— Il n'y a rien d'écrit, s'exclama-t-il, les pages sont toutes blanches !

— Tu ne prends pas le temps, insista la vieille femme, observe bien.

Louis parcourut à nouveau l'ouvrage.

— Vois ! lança soudainement Amélia.

Un tracé quasi invisible apparut dans un coin de la feuille de gauche et s'étala progressivement sur l'ensemble des deux pages. Le garçon distingua alors le croquis d'un village. Au fur et à mesure que l'illustration se précisait, Louis n'en croyait pas ses yeux.

— C'est extraordinaire, murmura-t-il. Je vois le croquis d'un village !

Sous le dessin, il pouvait lire une annotation.

— C'est le village de Saint-Guilhem-la-Forêt. Où se trouve-t-il ?

— Tu y es en ce moment même. Saint-Guilhem-la-Forêt était un bourg situé à la lisière d'une immense forêt traversée par l'Allier, la rivière qui donne son nom à notre département actuel. Dans les dernières années du XVIIIème siècle, lors la terrible période de la « Grande Peur[3] », un gigantesque incendie ravagea le village ainsi qu'une grande partie de la forêt. Par miracle, deux édifices survécurent à cette catastrophe : le donjon qui appartenait au seigneur local et la petite chapelle qui le jouxte. Les quelques habitants rescapés décidèrent de reconstruire le village autour de ces deux bâtiments et lui donnèrent alors le nom que l'on connaît aujourd'hui : Le Donjon.

---

[3] Durant les mois de juillet et août 1789, dans les campagnes, les paysans se révoltèrent contre les seigneurs et les hommes d'Église.

De nos jours, les outrages du temps ont détruit la haute tour de pierre mais ont épargné la chapelle qui se dresse encore fièrement à l'entrée de la ville, près du cimetière.

Louis réfléchissait à ce que la vieille archiviste venait de lui raconter. Il observa à nouveau l'illustration du village et chercha la chapelle. Il vit alors que le croquis de l'édifice était identique à celle qu'il avait toujours connue : la chapelle Saint-Hilaire du Donjon. En s'approchant davantage, il réussit à déchiffrer une seconde annotation, près du bâtiment : « *Sainte Cécile de Rome* ».

— Qui est Sainte Cécile de Rome ?

— La patronne des musiciens. Pourquoi ?

— Son nom est mentionné sur l'illustration, à l'endroit exact où se trouve actuellement le cimetière.

L'archiviste se pencha sur le manuscrit puis sourit.

— Nous en avons fini, Louis. Il semblerait que…

— Attendez, coupa Louis, une inscription apparaît tout autour du village. Mais j'ai l'impression qu'elle est incomplète : *un beau matin d'été… tous les plus grands rois… usant de courage et de sagacité… retrouveront la paix.*

— Rends-toi au cimetière, Louis, tu y trouveras sûrement des réponses.

Chapitre 4

Le Donjon,

Samedi 30 septembre 2017, 9 h

Le ciel, bien dégagé ce matin-là, était d'un bleu éclatant, mais la pluie de ces derniers jours avait fait chuter les températures. Emmitouflé dans son manteau et les mains au fond des poches, Louis gravissait le chemin terreux qui menait vers le cimetière. Bâti sur une butte qui longe l'une des routes principales, il dominait une bonne partie du village.

En haut, Louis franchit le portail en fer forgé et se mit à déambuler entre les allées, parcourant du regard les différentes pierres tombales. Ses pas crissaient sur le gravier, brisant le silence solennel du lieu.

Au détour d'une allée, il s'arrêta devant une modeste tombe, sans pots de fleurs ni objets funéraires. Seule se dressait, au milieu de la pierre tombale, une petite statue en bronze finement sculptée. Stupéfait par la beauté de l'ouvrage, il s'approcha afin d'en observer les détails. Gravé sur une stèle en marbre, il pouvait lire le nom du défunt : LA RIVIÈRE Lionnel, poète et musicien auvergnat, 1882 - 1917. La sculpture représentait un jeune homme aux atours semblables à ceux d'un troubadour, debout, appuyé sur un long bâton, une vièle[4] en bandoulière et le regard perdu au loin. Un détail interpella cependant Louis : alors que les assauts du temps avaient en grande partie endommagé l'ensemble de la statue, seule l'oreille gauche semblait intacte et polie, comme si la surface avait été maintes fois frottée. D'un geste instinctif, il y posa sa main. Le métal était froid, mais agréable sous ses doigts. Sans véritablement savoir ce qu'il cherchait, il manipulait l'appendice jusqu'au moment où, hasardeusement, il l'enfonça complètement à l'intérieur de la tête, actionnant alors un mécanisme.

---

[4] Instrument à cordes frottées par un archet, considéré comme l'ancêtre du violon.

À ses pieds, la pierre tombale se mit à coulisser silencieusement puis s'immobilisa. L'ouverture était étroite, mais assez large pour descendre dans le caveau. Un escalier en pierre aux marches exiguës se perdait dans l'obscurité.

Effrayé, Louis eut une furieuse envie de quitter les lieux sur-le-champ, mais il ne put dominer sa curiosité : il lança un regard discret autour de lui et s'engagea dans l'escalier. Pour éviter de déraper, il prenait appui sur les murs humides. Plus il s'engouffrait, plus il faisait froid. Et plus il faisait sombre. Sans savoir véritablement où il mettait les pieds, Louis avançait, ses mains transies glissaient sur les parois ruisselantes. Lorsqu'il atteignit enfin la dernière marche, un léger cliquetis dans son dos le fit sursauter. Il se retourna rapidement et vit avec affolement que la pierre tombale se refermait. Le jeune garçon paniqua et se mit à crier dès que l'obscurité devint totale. Le son de sa voix se répercutait sur les murs. Louis continuait de hurler à pleine gorge tandis que des larmes coulaient le long ses joues. Les mains tendues en avant, il essayait de se repérer en cherchant du pied l'escalier. Il se déplaçait à tâtons, se cognait aux parois humides puis finit par perdre tout sens de l'orientation. Par un heureux hasard, il réussit à se plaquer le dos au mur et se laissa glisser. Une fois assis, il se recroquevilla et croisa les bras sur les genoux. Puis il continua de pleurer jusqu'à en perdre la notion du temps.

Sa réserve de larmes épuisée, Louis releva la tête. C'est alors que du coin de l'œil, il aperçut une faible lueur. D'un revers de main, il essuya son visage et se dirigea vers la source de lumière. Il fut surpris d'y trouver un ancien autel en pierre taillé dans le mur et soutenu par trois fines colonnes. Dessus, une grande et mince bougie éclairait une sculpture en marbre, d'un blanc immaculé, qui représentait une jeune femme étendue sur le côté et parée d'une longue tunique. Son visage était entièrement caché, le front sur l'autel et la tête recouverte d'un voile savamment ouvragé. Elle semblait endormie. Au-dessus de la statue, Louis pouvait lire un nom inscrit dans la pierre : *Sainte-Cécile-de-Rome.*

Le garçon n'en revenait pas. La bougie était-elle allumée depuis son entrée dans le caveau ? Et pour quelle raison ne l'avait-il pas vue plus tôt alors qu'il se trouvait dans le noir complet depuis déjà un certain temps ? En observant à nouveau la statue, Louis remarqua un étrange objet suspendu aux mains de la jeune femme. Il le saisit avec délicatesse et l'approcha près de la flamme. Il découvrit un petit disque en bois accroché à une chaînette dorée. Le garçon souffla pour ôter la poussière et une gravure apparut au centre du disque : trois cercles entrecroisés. Un symbole était gravé à l'intérieur de chacun d'entre eux : une lyre, une croix latine et un écu.

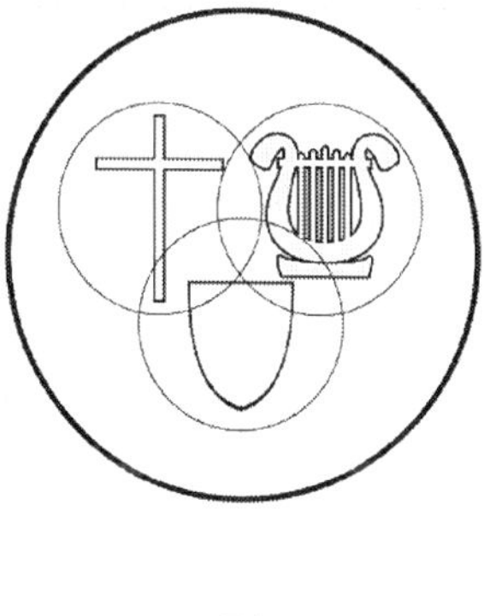

C'est en observant l'amulette qu'il finit par réaliser. Depuis qu'il avait mis les pieds dans le cimetière, tout avait un rapport avec la musique : la tombe d'un musicien auvergnat, une statue en livrée de troubadour, la sculpture de Sainte-Cécile-de-Rome et enfin le symbole de la lyre gravé sur l'étrange amulette.

Mais quel lien existait-il entre ces différents éléments et la troisième oreille ? C'est alors qu'il entendit à nouveau le cliquetis. Instinctivement, il leva la tête et un large sourire fendit son visage : la pierre tombale se déplaçait lentement tandis que la lumière du jour pénétrait dans le caveau. Louis passa la chaîne autour de son cou puis grimpa vers la sortie.

Les yeux plissés par la trop forte luminosité, il ne pouvait contenir sa joie. Même s'il n'était resté que peu de temps enfermé, il appréciait la caresse du vent dans les cheveux et sa fraîcheur automnale.

Lorsque ses yeux s'habituèrent à la lueur du jour, son euphorie s'évanouit rapidement.

Chapitre 5

Le 30 septembre 1217, tierce[5]

Louis marchait d'un pas pressé entre les allées du cimetière, convaincu, au fond de lui, que quelque chose clochait. Le silence, peut-être ? *Rien d'étonnant, je suis dans un cimetière.* Il ralentit son allure comme il s'approchait de l'entrée puis s'arrêta sous le porche. Il prit conscience alors de la raison de son malaise : face à lui, de l'autre côté du chemin, d'impressionnants remparts crénelés aux larges pierres de taille s'élevaient fièrement, surplombés d'une imposante tour circulaire percée de meurtrières. Au sommet du donjon, accroché à une longue hampe, un grand drapeau rouge orné d'une tour dorée flottait au gré du vent. Sur la route pavée qui bordait l'enceinte, hommes, femmes et enfants de tous âges déambulaient entre les maintes charrettes chargées ou vides, tractées par des

5 Vers 9 h.

chevaux dont la cadence parfaite des sabots résonnait sur les pavés.

Que m'arrive-t-il ?

Gêné par une désagréable démangeaison sur tout le corps, Louis commença à se gratter. Il découvrit alors avec effarement son accoutrement : des bottes plates noires lacées au-dessus des chevilles, d'amples braies[6] noires, un chainse[7] blanc recouvert d'un surcot[8] marron à manches longues maintenu à la taille par une fine ceinture de cuir sur laquelle était accrochée une petite bourse, elle aussi en cuir. *Ces remparts… Ce donjon… Ces vêtements… Je suis au Moyen-âge !*

Instinctivement, Louis empoigna l'amulette qui pendait toujours à son cou et la serra si fort qu'il finit par en avoir mal aux doigts. Puis, d'un coup sec, il l'ôta et la jeta brusquement à ses pieds. Il la fixa un long moment puis releva la tête en espérant une

---

6 Ancêtre du pantalon.
7 Chemise médiévale.
8 Tunique mi-longue jusqu'aux genoux et portée par-dessus la chemise

quelconque manifestation qui lui permettrait de revenir au présent.

Mais rien ne se produisit.

Devant lui, certains badauds surpris par son attitude lui lançaient des regards intrigués.

Que se passe-t-il ? Comment ai-je pu remonter dans le temps ?

Le vent d'automne avait forci et les rafales déshabillaient les branches de leurs feuilles brunes et jaunes. Porté par le vent, le son des cloches d'une église provint d'au-delà des remparts. Convaincu qu'il s'agissait là d'un signe du destin, Louis ramassa le pendentif puis s'engagea sur la route qui longeait l'enceinte, en direction de la ville.

Il s'insinua entre les charrettes, les animaux et les passants. Arrivé à leur hauteur, il ne pouvait s'empêcher de les observer : ici, une jeune femme, grande et replète, maintenait sous son bras un panier rempli de fromages et d'œufs ; là, un vieux paysan haletait, le dos courbé par le poids d'un fagot de bois. Au beau milieu de la route, un homme richement vêtu chevauchait un majestueux étalon noir en ignorant hautainement les enfants qui se faufilaient près de sa monture.

Au niveau d'une épaisse tour d'angle, le chemin bifurqua un peu sur la gauche et rejoignit une route beaucoup plus large qui longeait une rivière et qui permettait d'accéder aux portes de la cité. Le cours d'eau, aux berges hautes, disparaissait sous les remparts pour ressurgir dans la ville en bordant la rue principale. Deux fines tours encadraient le porche d'entrée gardé par deux soldats en faction. Parés d'un haubert[9] et coiffés d'une cervelière[10], ils maintenaient fermement leur lance plantée dans le sol. Louis remarqua alors, brodé sur le tabard jaune qui recouvrait leur armure de mailles, les mêmes armoiries qui flottaient au sommet du donjon.

Des cris soudains s'élevèrent devant lui et, à travers la foule qui s'était amassée, Louis assista à

---

[9] Longue cotte de mailles de fer protégeant l'ensemble du corps.
[10] Casque de fer enveloppant exactement la partie supérieure du crâne.

une brève altercation entre un homme âgé, vêtu d'une pèlerine en piteux état et d'un large chapeau, et un troisième soldat que Louis n'avait pas vu. Le vieux monsieur se tenait près de sa charrette tractée par un bœuf et remplie de légumes de toutes sortes. La bride à la main, il hurlait sur le garde qui, peu soucieux des états d'âme du paysan, inspectait le contenu des marchandises. Visiblement, le pauvre homme semblait assez pressé. Louis ne s'attarda pas et, profitant de l'attroupement, pénétra dans la ville.

C'était jour de marché à Saint-Guilhem-la-Forêt. Dès l'ouverture des portes de l'enceinte, les commerçants s'activaient pour ouvrir leurs échoppes établies sous les arcades de leurs propres maisons et qui donnaient directement sur la rue. Fèvres[11], apothicaires[12], couteliers, drapiers[13], tailleurs ou autres savetiers[14] dépliaient leurs étals constitués de

---

[11] Forgerons.
[12] Pharmaciens.
[13] Tisserands.
[14] Cordonniers.

deux planches de bois : la première se relevant pour former un auvent, la seconde servant de présentoir.

Sur la place centrale de la ville, les nombreux marchands itinérants, venus quelquefois de lointaines régions, installaient leurs tentes bigarrées et montaient leurs tréteaux et leurs tables pliantes sur le pavé ou sous les porches entourant l'esplanade.

Progressant le long de l'artère principale bondée de monde et d'animaux, Louis se dirigeait vers la place du marché qu'il apercevait au loin. Il dévorait des yeux tout ce qui l'environnait, un peu comme s'il redécouvrait son village. Les rues et les venelles, beaucoup plus étroites et peu entretenues, disparaissaient dans l'ombre des maisons en encorbellement et aux fenêtres exigües. Une forêt de toits de chaume remplaçait les ardoises grises. Le béton et la peinture des façades avaient laissé la place à des colombages de bois noir remplis de torchis[15].

---

[15] Mélange composé de terre et de paille.

Louis était submergé par les couleurs, les senteurs et les bruits si bien qu'il ne savait plus où tourner la tête : les impacts puissants d'un marteau sur une enclume ; les délicieux fumets des jambons pendus aux étals ; les rires aux éclats des clients d'une taverne ; le hurlement d'un charretier bloqué par des cochons apathiques. Étonnamment, tout ce qu'il découvrait ne l'effrayait plus vraiment et finissait même par le fasciner.

En se frayant tant bien que mal un chemin à travers la foule, Louis reconnut par hasard la rue de sa propre maison et décida de se mettre à sa recherche. En vain. En fait, il se demandait si c'était véritablement la bonne allée. Déçu, il reprit sa route vers la place du marché lorsque les cloches sonnèrent de nouveau, tout près de lui cette fois-ci. Louis leva la tête et chercha le clocher qu'il repéra à quelques dizaines de mètres. Considérant qu'il s'agissait toujours d'un signe du destin, il joua des coudes afin d'atteindre l'église. Le garçon s'arrêta sur le parvis bondé de marchands de cierges, de parchemins ou de croix taillées dans le bois, et observa la façade du bâtiment : austère, sans aucune fioriture si ce n'est l'imposant tympan finement sculpté représentant de façon très détaillée le Jugement Dernier. L'église, massive, semblait écraser Louis. La double porte était grande ouverte, mais l'obscurité, à l'intérieur, empêchait de voir quoi que ce soit.

Les cloches se mirent à sonner une troisième fois. Au même moment, le médaillon de Louis vibra. Il attrapa le pendentif et le regarda : une faible lueur violette éclairait la croix et le cercle qui l'entourait. Lorsque les cloches se turent, l'amulette cessa de trembler et l'éclat disparut. Louis la cacha sous sa chainse et s'approcha de l'entrée.

Un frais courant d'air traversa le garçon lorsqu'il pénétra dans l'église. Sombre et dénuée d'apparats, elle paraissait plus haute de l'intérieur que de l'extérieur. Au fond, face à lui, surplombant le chœur, une énorme croix en bois noir semblait l'accueillir de ses bras ouverts. Au-dessous, un autel en marbre blanc se dressait. Quelques cierges l'éclairaient faiblement.

Frissonnant de froid, le garçon traversa silencieusement la nef. De part et d'autre, d'épaisses colonnes de pierre rejoignaient les arcs en plein cintre qui soutenaient la voûte. Les fins rayons de soleil s'infiltraient par d'étroites ouvertures situées en hauteur et faisaient danser dans la lumière les toutes petites particules de poussière. Louis rejoignit la nef et tout en se dirigeant vers l'autel, il distinguait, entre chaque pilier, les statues de saints qui habillaient les murs. Mais de l'allée centrale, il ne pouvait discerner précisément leurs traits. À quelques mètres du chœur, Louis s'arrêta et se retourna : l'église était étonnamment vide. Il rejoignit le bas-côté de droite et déambula en ralentissant le pas chaque fois qu'il s'approchait d'une statue. Il s'immobilisa brusquement devant la représentation d'une belle jeune femme aux cheveux longs ondulés, parée d'une délicate robe immaculée et qui maintenait un luth dans ses mains. Son visage aux traits fins était charmant, mais un bandeau recouvrait ses yeux.

— Elle est magnifique, n'est-ce pas ? entendit-il soudain derrière lui, ce qui le fit sursauter. Un vieil homme vêtu d'une aube blanche, les mains dans le dos, souriait. Je te demande pardon si je t'ai surpris, mon garçon, chuchota-t-il en inclinant légèrement la tête, ce n'était pas mon intention.

Le prêtre se tourna à nouveau vers la sculpture.

— Chaque fois que je la regarde, je suis fasciné par son admirable sourire. En connais-tu la raison ?

Louis observa le visage affable et bienveillant de la statue.

— Peut-être parce qu'elle est heureuse ? murmura-t-il en haussant les épaules.

— Je suis d'accord avec toi. Mais ce n'est pas la réponse que j'attendais.

— Comment pourrais-je le savoir ? demanda Louis. Je ne connais pas vraiment la vie de Sainte-Cécile-de-Rome.

Le prêtre leva les sourcils, étonné.

— Comment sais-tu qu'il s'agit de Sainte-Cécile ?

— Je… je ne sais pas vraiment.

— Nous nous trouvons dans l'église de Saint-Antoine et je suis le Père Léon. Quel est ton nom ?

— Louis.

— Viens, Louis, installons-nous, continua-t-il en désignant le banc le plus proche. Assis, nous serons plus à l'aise pour discuter. Voici, en quelques mots, son histoire : Sainte-Cécile a vécu à Rome, au début du IIIème siècle et à cette époque, le culte de la religion chrétienne restait interdit, car le fait de croire en un Dieu unique entrait en conflit avec les principes de la religion romaine. Il ne faut pas oublier qu'à cette époque les romains étaient polythéistes.

Sainte-Cécile, fervente chrétienne, était contrainte d'épouser un noble romain, un certain Valérien. Le soir du mariage, alors qu'ils se trouvaient seuls, Sainte-Cécile lui avoua qu'un ange, envoyé de Dieu, l'accompagnait quotidiennement et veillait sur elle. Valérien, profondément amoureux, désirait voir cet ange et, pour cela, accepta de se convertir et de se faire baptiser. Mais il fut arrêté, jeté en prison puis condamné à mort. Cécile, dont la foi ne vacillait pas, se mit à évangéliser les païens et à les convertir jusqu'au jour où, elle aussi, fut arrêtée et condamnée à mort.

Le père Léon croisa les mains dans ses amples manches, regarda la grande croix suspendue au-dessus de l'autel puis se tut. Louis, pensif, observait la statue.

— Pour quelle raison ces païens ont-ils accepté de se convertir après avoir rencontré cette jeune femme ? demanda le garçon, rompant le silence.

— Ce n'est pas aussi simple que cela, sourit le prêtre. Ces hommes qui ont voulu se convertir se sont rendu compte qu'il était possible de trouver des réponses au plus profond d'eux-mêmes pour vivre heureux. Et, pour déceler ces réponses, nombre d'entre eux durent faire des sacrifices.

Le père Léon mit une main sur l'épaule du garçon.

— Sainte-Cécile, comme tous les saints qui ont œuvré pour le christianisme, vit en chacun de nous. Elle représente l'aide indispensable qui nous permet d'éclairer notre chemin. Tu te poses beaucoup de questions, Louis, c'est la démarche qu'il faut avoir pour réussir ta quête.

Le garçon leva les sourcils. *Et si le médaillon m'avait guidé vers cet homme ?*

— Comment savez-vous que… ? J'ai vraiment besoin d'aide.

— Nous en avons tous besoin. Pour cela, il est essentiel de rencontrer les bonnes personnes, mais elles ne sont pas toujours celles que l'on imagine.

Louis regarda la statue de la sainte puis le prêtre.

— Que pouvez-vous me dire au sujet de la troisième oreille ?

— Malheureusement rien, répondit-il en pinçant les lèvres.

— C'est bien dommage, dit Louis avec déception.

— En revanche, continua père Léon, je connais quelqu'un qui pourrait sûrement t'aider. Rends-toi au prieuré de Saint-Guilhem-de-Hautebutte, il est situé sur la colline la plus élevée. Tu ne peux pas te tromper, c'est celle qui surplombe le village. Une communauté de frères bénédictins y vit depuis de très longues années. Ce sont des moines accueillants et très cultivés. Une fois là-bas, demande à rencontrer Frère Étienne, le prieur. Il est également un chantre talentueux. Dis-lui que tu viens de ma part, il acceptera de t'aider.

— Je vous remercie, dit Louis.

— Que le Seigneur soit avec toi, mon fils, et qu'Il éclaire ton chemin, déclara père Léon en faisant le signe de croix de la main.

Tout en remontant la nef, Louis avait l'étrange impression d'être observé. Une fois dehors, sur le parvis, il fit une courte pause et se retourna. Le contraste entre l'obscurité de l'église et la forte luminosité extérieure l'empêchait de distinguer quoi que ce soit. Louis haussa les épaules puis prit le chemin du prieuré.

Près d'une des colonnes de l'allée centrale, une personne de grande taille et tout de noir vêtue le suivit des yeux avant de disparaître vers le bas-côté.

Chapitre 6

Saint-Guilhem-La-Forêt, Seigneurie de Montfertier

Le 30 septembre 1217, peu après tierce

Poussé par une forte brise, Louis gravissait l'étroit chemin caillouteux qui menait au monastère. Austère et massif, le prieuré de Saint-Guilhem-de-Hautebutte profitait d'une vue imprenable sur la campagne : des coteaux verdoyants, de vastes champs parcheminés et, au loin, à perte de vue, une sombre forêt. La nature exhibait ses plus belles couleurs automnales, allant du jaune criard des prés au brun foncé des feuilles.

Tout autour du bâtiment religieux, l'herbe haute et non entretenue dansait au gré du vent. Un imposant hêtre centenaire, sage gardien du lieu, semblait préserver ce sanctuaire. La beauté du décor et le silence apaisant qui s'en dégageait rassuraient le garçon qui décida de rester un moment pour jouir de l'instant.

L'enceinte du prieuré était de forme carrée et aux dimensions modestes. Édifiée tout en pierre et détériorée par les assauts du temps, elle protégeait un ensemble de bâtisses vétustes, très proches les unes des autres et érigées tout autour du cloître, lieu fondamental du monastère. Une simple porte en bois noir vermoulu, surmontée de voussures[16] en pierres érodées par le vent continu en était le seul accès. Au-dessus de l'entrée, une phrase en latin était gravée. Louis n'eut pas de difficulté à la lire sans toutefois la comprendre.

PRIORATUS SANCTI WILLELMI ALTI COLLIS GRATIA DEI[17].

Il repéra, à droite de la porte, une cloche placée dans une petite niche creusée à même le mur de l'enceinte. Il tira sur la chaînette et un tintement

---

16 Arcs concentriques en retrait les uns par rapport aux autres au-dessus du portail d'une église.

17 Prieuré de Saint-Guilhem-de-Hautebutte par la grâce de Dieu.

sonore brisa le silence. Le garçon n'eut pas à attendre bien longtemps. Des clés carillonnèrent derrière la porte qui s'ouvrit lentement sur un jeune moine affable en coule[18] noire et à la capuche rabattue dans le dos. Grand et mince, les épaules tombantes, il accueillit Louis avec un large sourire. Son visage pâle et émacié était néanmoins très avenant.

— Bienvenue au prieuré de Saint-Guilhem-de-Hautebutte, murmura-t-il d'une voix angélique, que puis-je faire pour toi ?

— Bonjour, répondit Louis à voix basse, serait-il possible de rencontrer le prieur Frère Étienne ? Je viens sur le conseil de père Léon.

— Je suis navré, dit le jeune moine en secouant la tête, mais il prie à la chapelle et ne veut pas être dérangé. Et en ce moment, ses journées sont plutôt chargées.

---

18 Ample robe aux larges manches, munie d'un capuchon.

Contrarié, Louis fit mine de partir lorsque le religieux, affecté par la déception du garçon, posa la main sur son épaule :

— Entre, mon fils, je vais voir ce que je peux faire.

Louis pénétra dans l'enceinte du bâtiment et suivit le moine. Ils longèrent un large couloir, traversèrent la ruelle des convers[19] puis s'arrêtèrent sous l'arcade qui mène au cloître.

— Je suis Frère Abélard, l'hôtelier du prieuré, chuchota le jeune bénédictin en se retournant, mais sans cesser de marcher. Je suis chargé d'accueillir les hôtes au nom de notre Très Révérend Frère Étienne et de toute notre communauté. Comment t'appelles-tu ?

— Louis.

— Tu es bien jeune, Louis, pour te rendre ici. Serais-tu orphelin ?

[19] Religieux chargés du service domestique de la communauté.

— Non. Ma famille est… assez loin. C'est pourquoi je dois absolument rencontrer Frère Étienne. Père Léon m'a assuré qu'il accepterait de me voir.

Le Frère hôtelier acquiesça puis s'arrêta à quelques pas du cloître. Il plaça une main sur l'épaule du garçon pour l'inciter à avancer, tout en posant un doigt sur la bouche : interdiction totale de parler. Une coursive extérieure, protégée par un préau haut de plafond en arc brisé et soutenu par de fines colonnes, entourait un jardin carré à l'herbe rase et aux parterres de fleurs colorées. Au centre, un puits en pierre. Quelques moines en coule noire déambulaient, les mains dans les manches et la tête baissée. Frère Abélard et Louis montèrent quelques marches sur la gauche, franchirent une large ouverture voûtée puis pénétrèrent dans une vaste pièce.

— Voici la salle capitulaire[20], montra-t-il. C'est le seul endroit où il est permis de parler. Maintenant si tu le veux bien, va t'assoir sur l'un des bancs. Je reviens au plus vite.

Spacieuse et de forme rectangulaire, la salle était dénuée de tout apparat. Une douzaine de piliers soutenaient le haut plafond en croisées d'ogives. Au fond, sur une estrade, un siège rudimentaire en bois trônait. Le long de chaque mur, un long banc était sculpté à même la pierre. Louis s'y dirigea. À peine fut-il assis que la pierre froide le glaça et un frisson lui parcourut tout le corps.

Impressionné par l'architecture du plafond, il ne vit pas le vieux moine qui s'approchait silencieusement, vêtu d'une tunique et d'un scapulaire[21] noirs retenus par une ceinture de cuir. Malgré ses cheveux blancs et le dos légèrement

---

[20] Dans les monastères, salle affectée aux réunions du chapitre (assemblée de moines).

[21] Pièce d'étoffe passée sur les épaules, descendant sur le dos et sur la poitrine.

courbé par le poids des années, le prieur ne faisait pas vraiment son âge. Il était tant et si bien replet qu'aucune ride ne parcheminait son visage rondouillard. Le bénédictin s'assit à côté de Louis, s'adossa au mur et regarda, lui aussi, la salle. Au même instant, l'amulette vibra intensément sous son chainse.

— Sais-tu pour quelle raison cette salle compte douze piliers ? chuchota l'ecclésiastique. Le garçon, très surpris, ne put retenir un petit cri. Près de lui, le vieil homme l'observait, un petit sourire au coin de ses lèvres charnues. Louis vit une grande sagesse briller dans ses yeux bleu-gris.

C'est une habitude des hommes d'Église que d'arriver silencieusement ?

— Je… je ne sais pas, bredouilla Louis.

— Approchons-nous si tu veux bien, murmura le prieur, en écartant les mains. Regarde comme le chapiteau de chaque colonne est admirablement sculpté.

Le garçon leva la tête.

— Que vois-tu, ici ? continua-t-il en visant de son doigt boudiné un chapiteau en particulier.

— Une clé entourée de deux anges, répondit Louis, sans savoir où il voulait en venir.

— Exact. Et sur celui-là ?

— Un rapace, je pense.

— Un aigle, précisément, acquiesça le prieur. Et si nous devions poursuivre, tu te rendrais bien vite compte que chacune de ces douze sculptures évoque d'illustres personnages de la Bible.

Le vieil homme joignit ses mains et les posa sur son ventre bedonnant.

— Peux-tu répondre maintenant à ma première question ?

Le garçon observa les autres chapiteaux. Parmi ceux-ci, il distingua une croix chrétienne, une massue, une balance de pesage ou encore une équerre d'architecte. Au bout d'un instant, le visage de Louis s'éclaira puis il se tourna vers le prieur qui souriait. Des souvenirs et des images lui revinrent en mémoire.

Issu d'une famille très religieuse depuis de nombreuses générations, Louis avait grandi dans la foi chrétienne dès son plus jeune âge. Ses parents l'avaient fait baptiser alors qu'il n'avait que quelques semaines ; ils l'avaient par la suite emmené à l'église et avaient été fiers de le voir enfant de chœur à la paroisse du village. Durant toutes ces années, Louis avait acquis de solides bases en culture religieuse.

— Ce sont les douze apôtres choisis par Jésus, déclara Louis. L'aigle est l'animal qui caractérise Jean, l'un des quatre évangélistes ; la clé du paradis représente Saint-Pierre, et la croix, instrument de torture romain, symbolise Saint-André[22]. Quant à l'équerre d'architecte, elle représente Saint Thomas[23].

Le prieur se pinça les lèvres, étonné. D'un pas lent, le vieil homme retourna s'installer sur le banc

[22] Condamné à mort, il mourut sur la croix.
[23] Patron des architectes.

de pierre. Malgré la fraîcheur de la salle, des gouttes de sueur perlaient sur le haut de son front.

— Approche-toi, Louis, murmura-t-il en posant sa main boudinée sur le banc pour l'inciter à venir s'assoir. Nous pourrions parler d'architecture encore longtemps, mais ce n'est pas ce qui t'amène, n'est-ce pas ?

— Père Léon m'a assuré que vous pourriez m'aider.

Le vieux moine leva ses sourcils blancs broussailleux.

— Je connais Père Léon depuis de nombreuses années. C'est un homme vertueux et digne de confiance. S'il t'envoie vers moi, c'est qu'il doit considérer ta requête comme importante. Je peux te garantir que je ferai tout mon possible pour t'aider.

— Merci, répondit Louis en soupirant. Il m'a aussi appris que vous étiez un chantre talentueux.

Le prieur se mit à rire.

— Chantre assurément. Talentueux, ce n'est pas à moi d'en juger ! Orphelin très jeune, je n'ai malheureusement pas connu mes parents. Il faut que tu saches qu'à cette époque-là, on ne vivait pas bien vieux ; et je remercie le Seigneur d'avoir bien voulu, dans sa grande mansuétude, m'accorder toutes ces années.

Très révérend Frère Raimon, alors prieur de Saint-Guilhem-de-Hautebutte — que Dieu le garde en sa sainte demeure — m'a ouvert ses bras et son cœur. Il s'est occupé de moi du mieux qu'il a pu et a passé le reste de son existence à m'éduquer comme un père éduque son propre fils.

Dès mes premiers offices, les frères de la communauté furent interpellés par mon timbre de voix si particulier, convaincus que je possédais des qualités vocales exceptionnelles. Très rapidement, notre très Saint Frère Raimon prit alors la sage décision de m'enseigner les rudiments du chant et de la musique sacrée. Au bout de quelques mois, il me choisit pour endosser la fonction de chantre au sein même de notre communauté. Cela fait maintenant soixante-quatorze ans que ce prieuré est mon foyer dans lequel je partage mon temps entre la prière et le travail.

Le vieil homme avait cessé de parler, mais ses paroles résonnaient encore dans la tête de Louis. Le regard absent, il ne pouvait s'empêcher de repenser au décès de son père, l'année précédente et aux difficultés que rencontrait alors sa mère depuis le drame.

Finalement, se dit le garçon, la question d'Abélard, le Frère hôtelier, n'avait rien de surprenant : dans un sens, Louis se sentait lui aussi orphelin.

— Je lis dans tes yeux que ce que je viens de te dire coïncide avec ce que tu es en train de vivre, continua le prieur, et tu dois te demander la raison pour laquelle je te raconte tout cela. T'es-tu déjà posé les questions suivantes : comment se fait-il que l'homme naisse si faible, chétif et sans défense ? Comment se fait-il aussi qu'il ait besoin de ses parents pour grandir alors que certains animaux ont la capacité innée de se déplacer seulement quelques instants après leur naissance ?

— Je… je ne sais pas.

— Moi non plus, Louis. Certains parleront de miracle et de la puissance de Dieu, d'autres — et il baissa la voix — considèrent que Dieu n'existe pas et que tout se réalise naturellement. Ce que je veux te faire comprendre, c'est qu'à partir de rien, tout un chacun grandit, se développe, apprend et atteint des sommets jusqu'alors insoupçonnés. Tu dois prendre conscience de tes qualités et prendre confiance en toi.

Louis fit rapidement le rapprochement avec M. Hérin et sa fable du Chaton, du Loup et de la Mort.

— Je cherche la troisième oreille, finit-il par dire. J'ai réuni plusieurs éléments découverts à ce jour et un lien étroit entre cette troisième oreille et la musique me semble possible. En tant que chantre, auriez-vous des informations à son sujet ?

— Oui.

Le garçon bondit du banc de pierre et, incapable de se contenir, s'exclama sans aucune retenue :

— Enfin ! Dites-moi ce qu'elle est ! Dites-moi où je peux la trouver !

D'abord surpris puis offusqué par l'attitude du jeune homme, le prieur se mit debout du mieux qu'il put et, de ses grosses mains, lui fit signe de se taire.

— Louis ! Tu sembles oublier que nous sommes dans un monastère !

Au même instant, Frère Abélard apparut à l'entrée de la salle capitulaire, le visage fermé. Le prieur jeta un regard noir au garçon en lui intimant l'ordre de patienter d'un geste de la main et se rapprocha du jeune moine. Les deux hommes échangèrent quelques mots à voix basse en observant discrètement Louis qui ne pouvait rester en place. Puis, au bout d'un moment, frère Abélard acquiesça, se pencha solennellement devant son supérieur et se retira en s'éloignant à reculons. Le prieur tourna alors la tête vers Louis et lui fit signe de venir.

— Chercher la troisième oreille est une noble quête, murmura le vieil homme en posant sa grosse main sur l'épaule du garçon. Elle demande rigueur, patience et surtout une incessante remise en question.

Avant toute chose, parlons de l'amulette que tu portes autour de ton cou : tu dois en prendre soin du mieux possible. Inutile de te préciser l'importance de toujours la garder sur toi. Aussi, pense à la consulter régulièrement, car elle te sera d'un grand secours dans les moments de doute.

D'un geste rapide, le prieur mit son index devant ses lèvres lippues alors que Louis ouvrait la bouche pour intervenir.

— Enfin, ne cherche pas un objet tangible, une représentation quelconque ou encore moins une véritable oreille. Tu t'écarterais immanquablement du droit chemin. Il faut comprendre que cette troisième oreille se trouve ici et là. Le vieil homme avait joint ses actes à la parole en plaçant sa large main au-dessus du crâne de Louis puis l'avait descendue jusqu'à sa poitrine, juste sur son cœur.

Le jeune garçon déchantait. Son excitation était retombée aussi vite qu'elle s'était manifestée, laissant place à une totale incompréhension.

— Elle se situe en chacun de nous ? demanda Louis.

— Oui.

— Vous l'avez donc trouvée ?

— Oui

— Mais alors si elle fait partie de moi, peut-être l'ai-je déjà découverte ?

— Je t'ai simplement dit qu'elle était en toi, mais à aucun moment je ne t'ai précisé si tu l'avais trouvée. Face aux difficultés de la vie, chacun de nous se doit de puiser les réponses cachées en son for intérieur. Le plus souvent, nous franchissons seuls les obstacles malgré le soutien de notre entourage.

Louis se remémora alors le discours qu'avait tenu Père Léon au sujet de la vie de Sainte-Cécile et de ces romains convertis au christianisme et qui avaient pris conscience qu'il leur était possible de trouver des réponses enfouies au plus profond d'eux-mêmes.

— Alors, reprit Louis, comment puis-je découvrir ce que je cherche sans que l'on me l'apprenne ?

Le prieur sourit.

— C'est tout l'intérêt de ta quête, Louis…

Le vieil homme raccompagna Louis à l'entrée du prieuré. Près de la porte en bois se tenait un moine que le jeune garçon n'avait pas encore vu. Celui-ci s'inclina respectueusement devant Frère Étienne et en se relevant, lui tendit un petit parchemin enroulé sur lui-même. Le prieur le saisit, le lut rapidement puis acquiesça de la tête.

Le moine s'inclina à nouveau et se retira.

— Prends ce parchemin, Louis. Trouve un endroit calme et lis-le. Il se pourrait qu'il te soit d'une grande aide.

Louis remercia le prieur et sortit. Il attendit que la porte en bois soit fermée pour attraper son amulette : la croix et le cercle brillaient d'une faible luminosité violette.

Chapitre 7

Saint-Guilhem-La-Forêt, Seigneurie de Montfertier

Le 30 septembre 1217, milieu de matinée

Préoccupé par tout ce qu'il venait d'entendre, Louis descendait d'un pas lent sur le chemin qui menait au village. Il lui était impossible de déterminer s'il était en colère ou simplement déçu : entre le Père Léon et le prieur Frère Étienne, il était submergé par toutes leurs interrogations et leurs énigmes. Ce dont il était sûr, en revanche, c'était cette incroyable manie qu'ont les hommes d'Église de répondre aux questions par d'autres questions et sans forcément fournir de réponses — ou du moins les donner de façon claire et précise.

Pensif, il en avait oublié le parchemin qu'il ne cessait de triturer nerveusement entre ses mains. Lorsqu'il s'en rendit compte, Louis ralentit son allure et s'assit sur une grosse souche, à l'écart du sentier, puis le déroula.

« Celui qui cultive son champ est rassasié de pain, mais celui qui poursuit des choses inutiles est dépourvu de sens[24]. »

Proverbe issu des « Livres poétiques »,
Ancien Testament

<u>Post-scriptum</u> : trouve la Pierre d'Auvergne.

— Et allez ! Encore une énigme ! lâcha-t-il à haute voix. Déçu et exaspéré, le garçon froissa le parchemin et, d'un geste rageur, le jeta loin devant lui. La tête entre les mains, des larmes de colère lui embuaient les yeux. Il allait se mettre à pleurer lorsqu'il sentit un léger frôlement contre son pied : le vélin chiffonné était juste là, contre la souche. Louis essuya ses yeux d'un revers de manche et redressa la tête. Face à lui, de l'autre côté du chemin, se tenait un homme — ou une femme — impossible à

[24] Comprendre « de bon sens, de sagesse ».

déterminer. Grand et décharné, l'étranger portait une longue houppelande noire à la capuche relevée qui lui dissimulait entièrement le visage. Immobile, les deux mains sur un bâton noueux, il paraissait crouler sous le poids des années.

Louis se sentit soudainement mal à l'aise. S'il ne pouvait discerner les yeux de l'individu, son regard fixe semblait le transpercer comme une flèche.

D'un coup, l'apparition s'avança d'un pas mal assuré et s'arrêta au milieu du sentier. Elle leva lentement une main osseuse en direction du jeune garçon qui, apeuré, voulut se mettre debout, mais se prit malencontreusement les pieds dans la souche et s'étala de tout son long.

Une voix androgyne, à la fois douce et grave, résonna, rompant ainsi le silence :

— Ramasse le parchemin, Louis. Relis-le et dis-moi ce que tu comprends.

Au même moment, l'amulette se mit à vibrer autour de son cou. Le garçon se pencha à ses pieds pour récupérer le morceau de vélin et lorsqu'il releva la tête, l'apparition se trouvait devant lui, à quelques mètres.

Même aussi près, Louis ne pouvait distinguer son visage, caché derrière un opaque voile noir. Les mains du garçon tremblaient lorsqu'il ramassa le parchemin.

— Qu'as-tu compris du message ? insista l'individu en attrapant un peu plus haut son bâton.

Louis relut l'extrait et finit par répondre :

— Si le paysan cultive correctement son champ, il aura assez de récoltes pour manger.

— Autrement dit ?

— Le fait de travailler sérieusement et consciencieusement permet d'obtenir un résultat escompté.

Sans explication aucune, Louis aurait pu croire que l'apparition lui souriait.

— J'avais des doutes à ton sujet, Louis, je ne te le cache pas. Mais à présent, je comprends la décision de Frère Étienne. Tu viens de réussir la première épreuve en découvrant la Première Oreille.

— La Première Oreille ? répéta Louis, ébahi. Je dois donc trouver non pas une seule, mais trois oreilles ?

— Oui. Et tu es loin d'avoir terminé, Louis.

L'amulette tremblait si fort que Louis dut la retirer de son cou. Au creux de sa main, la croix brillait d'un magnifique violet.

— Cette amulette est ton guide, reprit l'apparition, et lorsqu'un symbole s'illumine d'une couleur, elle se met à vibrer et t'indique alors si tu es à proximité de l'une des épreuves à résoudre. Louis se remémora les propos de frère Étienne :

— Selon le prieur, je ne dois pas chercher un objet mais, dans son message, il me demande de trouver une pierre d'Auvergne.

— Pas une pierre. LA pierre d'Auvergne.

Autour d'eux, les oiseaux avaient cessé de chanter et un silence lugubre s'était installé. Louis observa à nouveau le pendentif qui continuait de briller.

— Trouve la pierre d'Auvergne, Louis, entendit-il de loin.

Lorsqu'il releva la tête, l'individu avait disparu.

***

La veille, complies[25]

Les flammes dansaient dans l'âtre de la cheminée, projetant les ombres déformées des clients sur les murs de la plus grande auberge de Saint-Guilhem-la-forêt : *Le Luth et le Tonneau.* Les poutres du plafond étaient noircies par les nombreuses torches. La salle principale, enfumée à cause du nombre restreint de fenêtres, comptait une dizaine de tables de tailles différentes. Une jeune serveuse aux longs cheveux dorés louvoyait entre les tables et distribuait des pichets de bière ou de vin. Une seconde serveuse, légèrement plus âgée, prenait les commandes.

---

[25] Vers 19 h.

Quelques personnes passèrent la porte de l'auberge. Parmi elles, un homme dans la force de l'âge se dirigea vers le comptoir situé près de l'étroit escalier menant à l'étage, et s'y accouda ; puis il se mit à examiner les clients en attendant que l'on s'occupe de lui. De ses yeux vert profond, l'homme s'attardait sur chacun d'eux, non pas pour écouter leurs conversations, mais par simple plaisir de les observer. Cela faisait partie de l'un de ses divertissements favoris, et a fortiori, de ceux d'un troubadour[26]. Il était vêtu d'un bliaud[27] bien taillé de couleur bleue et aux manches larges resserrées au niveau des coudes, ainsi que de braies rouge vif. Une vilaine cicatrice débutait sous son œil droit et se perdait dans une barbe de plusieurs jours. Il avait posé sur le comptoir, près de lui, un chapeau à deux

---

[26] Auteur, compositeur et musicien du sud de la France.
[27] Longue tunique de dessus portée aussi bien par les hommes que par les femmes.

plumes de paon aux couleurs de ses atours et une vièle[28] superbement ouvragée.

— Peirol[29], c'est bien toi ? s'exclama l'aubergiste alors qu'il s'approchait du troubadour. Tu es enfin revenu de Terre Sainte ?

— Ah ! Mon vieil ami, quel plaisir de te revoir ! Mais sers-moi d'abord une chopine de ta meilleure bière, lança-t-il en faisant glisser deux pièces de monnaie, un large sourire aux lèvres.

— Attable-toi, j'arrive.

La lune, quasi pleine, était déjà haute dans le ciel et la salle principale de l'auberge était bondée. Les deux amis n'avaient pas bougé de leur table et, dans une ambiance bruyante mais joviale, Peirol d'Alvernhe relatait ses mois passés en Orient. L'aubergiste, qui avait laissé ses deux serveuses

---

[28] Instrument à cordes frottées par un archet, considéré comme l'ancêtre du violon.

[29] Peirol d'Alvernhe fut un troubadour issu de la petite noblesse d'Auvergne, actif entre 1185 et 1221.

s'occuper des clients, écoutait attentivement le troubadour, captivé par ses talents de conteur.

— Il y a environ une vingtaine d'années, lors d'un agréable soir d'été, le seigneur d'une petite châtellenie[30] me proposa de divertir ses convives à l'occasion d'un grand banquet — le mariage de sa fille unique avec le fils aîné d'un châtelain voisin. Une fois ma représentation terminée, je rangeais mon attirail et m'empressais de rejoindre le festin, le ventre gargouillant depuis un bon moment déjà.

Alors que la fête battait son plein, le seigneur se leva, son gobelet de vin dans la main. Solennellement, il annonça à toute l'assemblée son choix de partir en croisade afin de reprendre Jérusalem[31] aux mains des infidèles, aux côtés de notre roi.

---

[30] Seigneurie du châtelain, possesseur d'un château féodal.

[31] Il s'agit de la troisième croisade (1189 à 1192) durant laquelle les croisés — menés entre autres par le roi de France Philippe Auguste et Richard Cœur de Lion, roi d'Angleterre — tentèrent de reprendre en vain la ville de Jérusalem et la Terre Sainte alors détenus par le sultan Saladin. Peirol d'Alvernhe y participa.

Habituellement, lorsque j'accompagne un banquet, je suis plutôt du genre discret et je me soucie peu de ce qui peut se passer au sein des cours seigneuriales ; ma bourse et ma panse alors bien remplies, je disparais.

Or, la déclaration inattendue du châtelain me troubla. Quelque chose résonna dans ma tête comme si, à mon tour, j'avais une décision importante à prendre.

Mon art m'oblige à parcourir les routes de ville en ville, de château en château afin de gagner ma vie. Mais ce soir-là, je pris conscience qu'au fond de moi, j'étais lassé de narrer toujours les mêmes histoires et les mêmes faits d'armes, et que l'aventure et l'inspiration me manquaient terriblement.

Le lendemain matin, je décidai de partir pour la Terre Sainte.

Le troubadour fit une pause le temps de boire une longue gorgée de bière.

— Et c'est là-bas que tu t'es vu gratifier de cette belle entaille ? railla l'aubergiste.

— Tu parles de celle-ci ? En pointant du doigt la large cicatrice dessinée sur son visage. Hélas non, mon ami, et pour être honnête, ce n'est pas très glorieux. Ce que tu vois là, c'est la signature d'un jeune voleur qui avait décidé d'emprunter — à court terme, selon ses dires — ma bourse bien remplie ! Et il maniait bien la dague, ce pendard !

Les deux compagnons rirent aux éclats avant de boire une gorgée de bière.

— Tu as donc pris la croix ? demanda l'aubergiste au bout d'un petit moment.

— Oui. Me battre ne m'a jamais fait peur. Mais en me rendant là-bas, je voulais témoigner de tous les hauts faits afin de les chanter à mon retour. Et crois-moi, je n'ai pas été déçu !

— Je sais que les croisés n'ont pas réussi à reprendre Jérusalem alors que c'était leur intention première, dit l'aubergiste. As-tu pu voir la cité, néanmoins ?

— Non seulement je l'ai vue, mais j'y suis même entré, figure-toi ! En vérité, les armées chrétiennes et musulmanes ne se sont pas affrontées et il n'y a jamais eu de siège aux pieds des remparts. Si tu la découvrais, tu en tomberais follement amoureux !

C'est une ville magnifique. Les murailles, aux pierres blanches étincelantes, sont massives et élevées. Une fois passées les portes de la cité, tu es aussitôt submergé par les couleurs chatoyantes des tentures et des tapis accrochés aux murs et par les arômes musqués des épices étalées à même le sol. Les nombreux clochers et minarets rivalisent de hauteur pour espérer atteindre les cieux. Et malgré l'aridité du paysage et la chaleur étouffante, les habitants aux dialectes si différents t'accueillent les bras grands ouverts, un large sourire éclairant leurs visages hâlés.

Le troubadour se rapprocha de son ami puis continua à voix basse :

— Mais le pape[32] n'est pas vraiment de cet avis. Cela fait maintenant deux ans qu'il a appelé à une nouvelle croisade pour rendre la ville aux chrétiens.

---

[32] Le pape Innocent III appela à la cinquième croisade en 1215.

L'aubergiste approuva de la tête, pensif. Les deux hommes restèrent silencieux, comme pour se recueillir en songeant à ce qu'allaient encore endurer les populations. Puis ils entrechoquèrent leur chope de bière et la finirent d'une traite.

— Que fais-tu alors depuis que tu es revenu ? reprit l'aubergiste.

— Je suis au service du comte de Clermont. Je fais simplement une courte halte à Saint-Guilhem pour la nuit et demain matin à l'aube, je reprendrai la route en direction de Montfertier afin d'y rencontrer le seigneur du château, Aymar. Il me connait puisqu'il m'a courtoisement accueilli durant quelques jours avant mon départ pour la Terre Sainte. À ce moment-là, il m'avait fait comprendre qu'il n'avait pas été insensible à mon art. J'espère qu'il m'ouvrira à nouveau les portes de son château.

— Je n'en doute pas. Cependant, il faut que tu saches que le seigneur est pour le moins occupé :

depuis plusieurs mois, des routiers[33] ne cessent de s'en prendre à ses terres, pillent les villages et terrorisent les populations.

— Alors j'éviterai les chemins exposés au danger, dit-il en riant avant de se lever.

L'aubergiste l'attrapa par le bras :

— Que fais-tu, mon ami ? Tu ne comptes pas t'éclipser avant de chanter, j'espère !

---

33 Mercenaires — quelquefois à la solde de seigneurs — vivant de larcins et de pillages dans les campagnes.

Chapitre 8

Le 30 septembre 1217, sexte[34]

Louis rejoignit la Grand'Rue[35] qui grouillait déjà de monde. Les nombreux chalands déambulaient entre les étals, échangeaient ou négociaient avec les commerçants, s'invectivant parfois l'un l'autre pour le prix d'une marchandise trop élevé ou pour les propos inconvenants d'un client trop avare. Au terme d'une traversée laborieuse de la rue, Louis atteignit la place du marché tout aussi bondée. Assailli par le bruit et l'effervescence permanents, il dut se mettre en retrait, sous un porche. Au bout de quelques instants, il s'enfonça dans la foule et évolua d'une tente à l'autre, jouant des coudes pour s'approcher au plus près des diverses devantures, sans nécessairement s'y arrêter. Tout en déambulant, il finit par accéder aux étals des denrées et se rendit

---

[34] Vers 11 h.

[35] Dans les villes médiévales, il s'agissait généralement de la rue principale.

compte qu'il n'avait pas mangé depuis un bon moment. Inconsciemment, sa main frôla la petite bourse de cuir qui pendait à sa ceinture. Il l'avait tout à fait oubliée.

Soudain, une femme hurla. Louis n'eut pas le temps de se retourner qu'il se retrouva face contre terre, une violente douleur à l'épaule gauche. Encore sonné par le choc, il mit un moment à comprendre ce qui lui était arrivé et ce qui se passait autour de lui. En levant la tête, il s'aperçut qu'il n'était pas le seul à être tombé sur les pavés et, qu'au loin, une ombre s'enfuyait à travers la foule en bousculant tout ce qui trouvait sur son passage.

— Ça va, mon garçon ?

Un homme robuste aux larges épaules et à la barbe noire bien fournie soulevait Louis par le bras afin de le remettre sur pied.

— Tu n'es pas blessé ?

— Non, tout va bien. Merci, répondit Louis en grimaçant, la main sur son épaule. Que s'est-il passé ?

— Encore un de ces maudits coupeurs de bourses[36]. C'est habituel les jours de marché.

Louis chercha alors la sienne. Évidemment, elle n'y était plus.

— Il te l'a dérobée, j'en suis désolé. Peut-être retrouverons-nous ce vaurien exposé au pilori[37] dans les prochains jours.

— Merci pour votre aide, répondit Louis en regardant les étals.

Le garçon était dépité. Comment allait-il pouvoir manger sans rien pouvoir acheter.

— Tu as faim ? comprit l'imposant gaillard qui se tenait toujours à côté de lui. Louis le toisa, mais resta silencieux. Suis-moi, mon garçon.

***

Le bruit du marteau sur l'enclume s'intensifiait alors qu'ils s'approchaient de la rue des fèvres, située

---

36 Voleur à la tire.

37 Dispositif destiné à exposer un condamné, le plus souvent pour l'humilier.

non loin de la place du marché. Louis avait suivi de près son bienfaiteur, un taillandier[38] qui répondait au nom de Galbert. Ils avaient juste eu le temps de se présenter et d'échanger quelques mots qu'ils arrivaient à la forge. Aux dimensions modestes, mais plutôt bien entretenue, elle donnait directement sur la rue. Un solide jeune homme au torse nu protégé des étincelles par un long tablier de cuir usé enchaînait les coups de marteau sur une grande barre de fer rougie par le feu, avec une cadence remarquablement régulière. Derrière lui, près de l'âtre aux pierres noircies par les flammes, un garçon d'une dizaine d'années actionnait un immense soufflet qui permettait d'alimenter en permanence le feu. Tout autour du foyer, de nombreux outils étaient soigneusement rangés : des marteaux et des pinces, des râpes et des limes. Une chaleur étouffante se dégageait de l'atelier.

38 Forgeron spécialisé dans la fabrication et la réparation d'outils, plus particulièrement les instruments tranchants.

Lorsque Galbert et Louis s'arrêtèrent devant la forge, le jeune homme au tablier leva la tête, posa son marteau près de l'enclume et s'essuya le front de son avant-bras. D'un coup de coude, il prévint le garçon au soufflet qui, surpris, se retourna et se mit à sourire. De la main, Galbert leur fit signe de s'approcher.

— Je te présente mes deux enfants, annonça-t-il alors que les deux frères arrivaient à leur hauteur. Voici Gautier, mon aîné, et mon cadet s'appelle Amaury. S'ils continuent à travailler ainsi, ils deviendront les meilleurs taillandiers de la ville !

Entièrement absorbé par le plus jeune des deux frères, Louis ne l'écoutait pas. Il avait l'impression de reconnaître Amaury, son ami et camarade de classe : même prénom, même physionomie. *Ce n'est forcément pas un hasard.* Le jeune apprenti forgeron s'approcha de Louis :

— Comment t'appelles-tu ? demanda-t-il en souriant.

— Louis.

— Heureux de faire ta connaissance, continua Amaury en lui posant affectueusement la main sur l'épaule.

— Fais attention à son épaule, mon fils, intervint son père. Au marché, Louis s'est violemment fait bousculer par un coquin[39] qui en a profité pour lui dérober sa bourse. Je l'ai donc convié à notre table. Gautier, préviens ta mère que nous serons un de plus pour le souper[40].

Eudeline, la femme du forgeron, avait accueilli le jeune garçon chaleureusement. Petite et de forte corpulence, elle avait un visage rond et avenant, éclairé par une magnifique chevelure d'un blond lumineux. Encore debout, une écuelle en bois à la main — Louis et le reste de la famille s'étaient déjà attablés — elle servait de généreuses louches de soupe aux poireaux et aux oignons, accompagnée de morceaux de lard. Elle déposa l'écuelle bien remplie

---

[39] Homme lâche et vil. Le terme était très fort au moyen-âge.
[40] Au moyen-âge, on « soupait » à chaque repas puisqu'on servait de la soupe.

devant Louis, à côté d'une large tranche de pain. Un gobelet et une cuillère complétaient le couvert. La table, une large et épaisse planche de bois montée expressément sur des tréteaux, était placée au milieu de la pièce.

Derrière Louis, la cheminée, construite au sein du mur, permettait à la fois de chauffer la maison et de l'éclairer. Eudeline multipliait les allers-retours entre la table et l'imposant chaudron plein de soupe suspendu au-dessus du feu par un crochet de fer.

À sa gauche, Louis distinguait les dernières marches de l'étroit escalier qu'il avait emprunté précédemment, accompagné de Galbert et de ses fils, pour accéder à l'étage.

En face, deux petites fenêtres carrées qui laissaient pénétrer tant bien que mal la lumière du jour au travers d'une toile huilée tendue donnaient sur la rue. Un coffre volumineux était entreposé entre les deux ouvertures.

À l'exception du banc, de la table et du coffre, il n'y avait pas d'autre mobilier[41].

— Ne te prive de rien, dit Eudeline au moment où elle s'attablait enfin. Va te resservir si tu as encore faim. Il y a suffisamment de soupe pour tout le monde.

— Tu es la meilleure femme qu'un homme puisse avoir, lança Galbert en lui prenant la main. Merci pour ce repas.

Ils commencèrent à manger en silence. Observé par la tablée, Louis n'était pas à son aise.

— C'est la première fois que je te vois au marché, déclara Galbert, avant de boire une gorgée de vin. Tu es du coin ?

— Non. Seulement de passage à Saint-Guilhem.

— Et tu te déplaces en solitaire, alors ? Les chemins sont dangereux par ici, tu sais. Des bandes de routiers n'hésitent pas à détrousser les voyageurs.

---

[41] Les demeures médiévales contenaient généralement peu de meubles : un lit (pour les plus riches), divers sièges et de nombreux coffres. Le coffre était le plus utilisé, car transportable et vite chargé.

— Qu'est-ce qu'un routier ?

— Un ancien soldat devenu mercenaire qui vit de pillage et de violence, lança Gautier.

— Abstiens-toi d'effrayer notre hôte, veux-tu ? l'admonesta Eudeline. Ne crains rien, Louis, ils évitent d'attaquer les villages tels que le nôtre.

Si Louis était inquiet, il ne le montra pas.

— Quoi qu'il en soit, on m'a volé le peu d'argent que j'avais, répondit-il en haussant les épaules. Et je ne possède pas d'objets de valeur.

La tablée observait le garçon, surpris de son attitude si sereine.

— Je suis à la recherche de la pierre d'Auvergne, continua-t-il.

— La pierre d'Auvergne ? intervint Eudeline. Je n'ai jamais entendu parler de cela.

— Moi non plus, reprit le forgeron, et pourtant je suis originaire de la région.

— C'est un endroit précis ? ajouta Gautier, intéressé. Ou bien un ancien édifice, comme un dolmen ou un menhir ?

Louis secoua la tête en posant sa cuillère sur la table.

— Ce n'est ni un objet ni une pierre.

Gautier plissa les yeux.

— Je ne comprends pas, dit-il. Tu es sur les traces de la pierre d'Auvergne, mais ce n'est pas une pierre…

— Gautier a raison, confirma Galbert, cela n'a aucun sens.

— Je le sais bien, murmura Louis en mélangeant la soupe avec sa cuillère.

— En tout cas, reprit Gautier, ce que tu recherches se trouve en Auvergne. Eudeline regarda son fils aîné de ses yeux bleu profond.

— Quelle perspicacité ! railla-t-elle en lui caressant la joue. Gautier haussa les épaules, faussement vexé, ce qui provoqua un fou rire général. Même Louis ne put s'en empêcher.

Mais le silence d'Amaury le déconcertait. Le cadet de la famille ne s'était pas manifesté depuis le début du repas, lui qui avait semblé si avenant au préalable.

— C'est le nom d'un troubadour, finit par dire Amaury une fois le calme revenu.

— Que veux-tu dire ? demanda son père.

— Il existe un troubadour qui s'appelle Peirol d'Alvernhe. Je l'ai vu hier en fin de journée à l'auberge du *Luth et du tonneau*. Maître Luth[42], l'aubergiste, apprécie énormément la musique, mais ne pratique aucun instrument, à son grand regret. C'est pourquoi il fait venir régulièrement des musiciens itinérants pour animer, le soir, son établissement.

Toute la tablée avait cessé de manger. Éberlué, Gautier avait lâché sa cuillère. Eudeline et Galbert fixaient Amaury, sourcils froncés et bouche pincée.

Louis esquissa un sourire.

— Et peux-tu nous expliquer comment il se fait que tu connaisses le nom de l'un des innombrables

---

42 Au moyen-âge, il était d'usage de nommer les aubergistes d'après leur enseigne.

clients de l'auberge ? lança le ferronnier en élevant la voix.

Sa femme restait muette, mais son visage inquiet en disait long.

— Ne vous fâchez pas, répondit Amaury calmement. Souvenez-vous qu'Hervé, le fils de Maître Luth, est mon ami et qu'hier soir vous m'avez gentiment autorisé à me rendre à l'auberge de son père pour souper en sa compagnie.

Ses deux parents, confus, se regardèrent.

— Nous étions installés comme des princes à l'une des tables les plus proches de la cheminée, heureux d'être au chaud. La succulente odeur de brouet[43] qui chauffait sur le feu nous mettait l'eau à la bouche. C'est alors que le père d'Hervé hurla d'une voix tonitruante : « *Peirol, c'est bien toi ?* ». Je lançai un regard interrogateur à mon ami. Il m'expliqua que Peirol d'Alvernhe était un vieux compagnon de son père et qu'ils ne s'étaient plus revus depuis plusieurs années.

---

43 L'ancêtre du bouillon.

Lorsqu'Amaury eut fini de parler, Louis le remercia chaleureusement et lui demanda de quelle manière il pourrait rencontrer le troubadour.

— Nous ne nous sommes plus occupés d'eux, continua Amaury, car, au bout d'un moment, ils se sont attablés. Lorsque j'ai quitté l'auberge, ils étaient toujours à leur table en train de discuter.

— Pourquoi n'accompagnerais-tu pas Louis à l'auberge ? déclara Galbert. Maître Luth saura vous renseigner.

Les deux jeunes garçons se regardèrent, sourire aux lèvres.

Chapitre 9

Le même jour, Nones[44]

Maître Luth alimentait d'une belle bûche le feu de la cheminée lorsque Louis et Amaury pénétrèrent dans l'auberge. D'un geste de la main, l'aubergiste leur fit signe de s'installer à une table, le temps de touiller la soupe qui chauffait dans un énorme chaudron. Quand ils furent tous les trois réunis, Amaury lui expliqua en quelques mots la raison de leur venue.

— Vous n'avez pas de chance. Peirol est parti il y a peu. Juste avant nones, je dirais.

— Dans quelle direction ? demanda Louis.

— Montfertier. Il voulait rejoindre le seigneur Aymar. Les deux hommes se sont déjà rencontrés et il est fort probable que le troubadour y soit hébergé quelques jours.

---

[44] Vers 13 h 30.

Louis jeta un regard entendu à son ami qui acquiesça d'un signe de la tête.

— Dites ! J'espère que vous ne comptez pas vous rendre au château ? lança l'aubergiste au moment où ils se levaient pour partir. Cela fait plusieurs semaines que des brigands attaquent tous ceux qui traversent la forêt.

— Mon père sera ravi de nous accompagner, mentit Amaury avec assurance.

***

— Amaury ! Attends-moi, Amaury !

L'interpellé se retourna. Un grand garçon corpulent cavalait la Grand'Rue. Son élégance pataude aux pas lourds propres à réveiller les morts surprit Louis.

C'est alors qu'il lui semblait reconnaître Hervé, son camarade de classe. Ainsi entouré de ses deux amis, Louis eut la certitude que ces ressemblances n'étaient pas fortuites.

Arrivé à leur hauteur et soufflant comme un bœuf, Hervé s'appuya sur ses cuisses pour reprendre sa respiration.

— Où allez-vous comme ça ? demanda-t-il entre deux hoquets.

Louis et Amaury se regardèrent.

— Hervé, voici Louis. Il a besoin d'aide. Nous partons à la recherche de Peirol d'Alvernhe, le troubadour qui était à l'auberge de ton père, hier soir. Tu nous accompagnes ?

— Bien sûr ! Pourquoi ne m'as-tu pas proposé plus tôt au lieu de fuir comme un voleur ?

— Justement. Nous devons être discrets. En seras-tu capable, ce coup-ci ? fit remarquer Amaury en posant une main sur l'épaule robuste de son ami.

— Je ferai de mon mieux, je te le promets. L'autre fois, il faisait nuit…

Louis leva un sourcil.

— Je te raconterai en chemin.

Le soleil trônait bien haut dans le ciel et le vent était tombé. Il faisait encore bon en ce dernier jour du mois de septembre. Les trois garçons avançaient sans traîner sur la route de Montfertier, très empruntée en ce début d'après-midi. Dans les champs, les paysans travaillaient la terre et semaient à la volée, dévisagés par les vaches couchées à l'ombre des grands tilleuls. Devant eux, au-delà de la forêt, se dressait fièrement le château de Montfertier.

— Nous devons presser le pas, dit Amaury. Si le troubadour a quitté l'auberge quelque temps avant nous, il ne devrait pas être très loin.

— C'est vrai ce qu'on rapporte à propos des mercenaires ? demanda Louis.

— Oui. Le bruit court que notre roi serait de retour après de longs mois de guerre contre les Anglais[45]. On raconte aussi qu'avec la fin des affrontements, de nombreux soldats désœuvrés se

[45] De 1215 à 1217, l'Angleterre fut en proie à une guerre civile entre la noblesse et leur roi Jean Sans Terre. Le roi français Louis VIII débarquera en Angleterre en 1216 pour porter assistance aux nobles.

sont mis à piller les campagnes dans le seul but de s'enrichir[46]. Depuis quelque temps, certains de ces militaires saccagent notre région. D'après les rumeurs, leur campement se trouverait dans la forêt.

— Dans cette forêt-ci ? bredouilla Hervé en pointant du doigt les bois.

— Et que fait Aymar de Montfertier ? continua Louis, en éludant la question d'Hervé.

— Je ne sais pas vraiment. Mon père dit que le seigneur aurait plusieurs fois lancé des troupes à la recherche de l'éventuel emplacement de leur repaire.

En vain.

Les garçons arrivèrent enfin à l'orée de la forêt. Pris dans leur conversation, Louis et Amaury n'avaient pas remarqué qu'Hervé avait ralenti le pas. Un peu plus loin derrière eux, leur ami s'était arrêté au beau milieu de la route.

---

[46] Il arrivait qu'à la fin d'un conflit, des militaires désœuvrés et souvent sans argent décident de devenir mercenaires afin de s'enrichir en pillant et ravageant les campagnes.

— Mais que fais-tu ? lança Amaury en courant vers lui. Nous devons absolument rattraper le troubadour !

Hervé fixait la forêt qui s'étendait devant lui, les yeux écarquillés.

— On va se faire tuer, bredouilla-t-il. Ils vont nous capturer, nous frapper, nous torturer, nous…

— Stop ! hurla Amaury en secouant son ami. Il ne va rien se passer du tout. Les enfants n'intéressent pas les brigands. Ce qu'ils veulent, c'est de l'argent. Et nous n'en avons pas ! Nous allons retrouver ce Peirol et lorsque nous aurons terminé, nous rentrerons chez nous. Si tout va bien, nous serons au village avant la nuit.

— Si tout se passe bien… gémit Hervé.

— Arrête un peu, veux-tu ? Tu as promis, n'oublie pas !

— Reste avec nous, dit calmement Louis, à trois nous serons plus forts. Hervé regarda ses amis puis acquiesça, résigné.

***

— Réveille-toi ! Tu dois m'aider !

Secoué comme un prunier, Peirol reprit connaissance. Étendu à même le sol, il ouvrit lentement les yeux puis grimaça. Une violente douleur tambourinait à l'arrière de son crâne. Tant bien que mal, il se releva et d'un rapide coup d'œil, balaya l'endroit où il se trouvait : des murs de roches suintant d'humidité, un sol terreux et à sa droite, des barreaux en fer.

Un cachot.

Malgré la pénombre, il perçut, à genoux près de lui, une jeune fille aux interminables cheveux ondulés qui le fixait de ses grands yeux verts. La seule source de lumière se situait à l'extérieur de la geôle, complètement à gauche : plusieurs torches accrochées à la paroi rocheuse éclairaient faiblement trois individus.

Une caverne.

L'un d'entre eux, grand et bien bâti, était adossé au mur, près d'un brandon[47]. Il était vêtu d'une broigne[48] usée et de chausses noires rentrées dans de longues bottes de cuir. Une hache au fer épais pendait à sa ceinture. De longs cheveux bruns tombaient en cascade sur ses épaules et une impressionnante balafre, apparemment récente, barrait son visage, juste au-dessus de sa barbe. D'un geste rapide, mais précis, il fourbissait la lame d'une dague qui brillait devant les flammes. Les deux autres hommes, sensiblement parés de la même manière, assis sur de larges pierres, discutaient et riaient de bon cœur tout en se partageant une bouteille. À les entendre, de toute évidence ce n'était pas de l'eau qu'ils buvaient.

Ce sont forcément les brigands qui attaquent les villageois. Mais comment suis-je arrivé ici ?

---

[47] Une torche.

[48] Armure de cuir renforcée de pièces de métal protégeant le thorax.

— Nous devons sortir de ce trou, intervint soudainement la jeune fille en secouant le troubadour.

Encore étourdi, Peirol avait du mal à retrouver ses esprits.

— Où sommes-nous ? demanda-t-il.

— D'après toi, où veux-tu qu'on soit ? Nous sommes prisonniers dans une caverne !

Le troubadour observa l'enfant, surpris par son ton condescendant. À ses vêtements, il comprit rapidement qu'elle était issue d'un milieu très aisé. Malgré son jeune âge, elle portait un magnifique bliaud[49] brodé de fils d'or qui scintillaient à la lumière du feu. Le pendant de sa ceinture de soie finement travaillé, mais sali par la terre et la poussière traînait sur le sol humide de la cellule.

— Qui êtes-vous ? chuchota Peirol.

— Comment ? Tu ne me reconnais pas ? lança la jeune fille en haussant le ton, visiblement vexée.

---

[49] Longue robe ample et très ajustée à la taille, lacée dans le dos avec des manches serrées aux épaules puis de plus en plus larges.

— Avez-vous fini de parler si fort ? Nous sommes-nous déjà rencontrés ?

— Évidemment, tu es le troubadour Peirol d'Alvernhe. Mon père t'a accueilli au château il y a quelque temps. Je suis la princesse Marie de Montfertier, fille unique du Seigneur Aymar de Montfertier.

Le souvenir d'une demoiselle insolente et perpétuellement de mauvaise humeur lui revint en mémoire.

— Mais que faites-vous ici, reprit Peirol, votre place est auprès de votre père, derrière les hauts remparts !

Marie soupira.

— J'oubliais. Un simple troubadour ignore forcément tout de la vie que peut mener la fille d'un seigneur.

Elle se leva et épousseta sa robe.

— Je m'y ennuie tellement ! Alors, dès que j'en ai l'occasion, je quitte secrètement le château en compagnie d'Adeline et Héloïse, mes dames de compagnie — mes seules amies. Les badauds qui sortent par la porte principale de la ville ne sont pas inquiétés par les gardes occupés à surveiller ceux qui entrent. Ainsi, pour passer inaperçues, nous enfilons les habits de paysannes et nous franchissons la porte. Une fois éloignées de la ville, nous courons vers la forêt, ivres de joie et de liberté. C'est ce que nous avons encore fait ce matin.

Peirol n'en revenait pas. L'audace et l'inconscience de la jeune fille le sidéraient.

— Vous n'ignoriez pas que la forêt déborde de brigands ? Marie haussa les épaules. Vous n'êtes que des idiotes immatures.

Marie porta la main à sa bouche, offusquée de s'être fait rabrouer de la sorte.

— Je n'aime guère le ton que tu emploies et je n'ai aucun reproche à recevoir de ta part, protesta-t-elle. Nous nous trouvons sur les terres de mon père et ton seigneur. Tu as l'obligation de venir à mon secours. Et s'il apprend que tu as refusé, tu seras puni !

— Et que comptez-vous faire maintenant ? demanda-t-il en ignorant la menace de la jeune fille, et où sont vos dames de compagnie ?

— Je ne sais pas. J'espère qu'elles ont pu s'enfuir.

— Elles pourront prévenir votre père. C'est déjà ça.

— Et se faire fouetter ? Jamais !

Les humeurs de la jeune fille finirent par impatienter le troubadour qui se mit debout en s'aidant du mur.

Au même moment, les deux prisonniers entendirent des éclats de voix.

***

— Colin ! Nous en avons cueilli d'autres !

Le balafré se retourna, rangea sa dague et croisa les bras. Deux brigands pénétraient dans la grotte précédés de trois garçons aux vêtements sales et déchirés.

— Ils étaient cachés dans les fourrés, à quelques pas d'ici, lança le plus petit des deux bandits. Le gros respirait tellement fort, ricana-t-il, que je croyais qu'il s'agissait d'un sanglier !

Il donna une tape à l'arrière du crâne d'Hervé qui tremblait de tous ses membres.

— Encore des mioches ? grogna Colin en s'avançant vers les enfants. Et sûrement des bouseux vu l'état de leurs haillons. On va quand même les garder. Ils pourraient nous être utiles.

— Ce sont peut-être de jeunes espions déguisés en paysans ?

Colin leva un sourcil et lança un regard décontenancé à son acolyte.

— On ne me l'avait jamais faite, celle-là !

Il examina les garçons et resta un moment sur Hervé.

— Admire celui-là. Un veau ferait un meilleur espion !

Les trois hommes s'esclaffèrent.

— Enfermez-les avec les autres.

— Attendez ! intervint courageusement Louis. Nous n'avons rien à voir avec vos affaires. Nous cherchons simplement Peirol le troubadour.

Colin s'approcha tout près du garçon.

— Et bien ! On peut dire que tu ne manques pas d'audace. Comment avez-vous découvert cette grotte ?

— Nous ne la cherchions pas. Ce sont vos amis qui nous ont trouvés.

— Tu m'en diras tant… Et pour quelle raison étiez-vous dissimulés dans les fourrés ?

— Nous étions sur la route menant à Montfertier quand vos compagnons nous ont aperçus. Nous avions entendu que des brigands terrorisaient la région alors nous nous sommes enfuis dans la forêt puis cachés dans un buisson. La suite, vous la connaissez. Nous ignorions que votre repaire était tout près.

Le mercenaire pinça les lèvres et plissa les yeux.

— Tu cherches le troubadour, hein ? reprit-il en haussant le ton. Et comme par miracle, vous vous pointez ici. Accorde-moi quand même le bénéfice du doute.

— Nous n'en savions rien, je vous le promets, dit Louis d'une voix chevrotante en prenant conscience qu'il perdait peu à peu confiance en lui. Nous pensions retrouver Peirol à Montfertier.

— Et qu'est-ce que tu lui veux à ce troubadour ?

— Je suis à la recherche de mes parents, mentit-il, et je crois qu'il peut m'aider.

Colin fronça les sourcils, peu convaincu par les propos du garçon.

— Tu veux le rencontrer ? Et bien, tu vas le voir de près !

Il regarda le plus petit des deux brigands.

— Le Nabot, enferme-les avec les autres. Ces morveux m'ont fatigué.

***

Dès que le troubadour perçut les voix, Marie commença à sangloter. Peirol se retourna et mit son doigt sur la bouche pour lui intimer l'ordre de se taire et de se calmer. Ils avancèrent discrètement vers les barreaux. De nouveaux brigands venaient d'arriver et leur conversation provenait de la droite. Ils virent alors Colin ranger son arme et se déplacer vers l'origine des voix. Les deux autres larrons restèrent assis.

Peirol longea les barreaux et essaya de se positionner de manière à ce qu'il puisse apercevoir les hommes, mais cela ne servit à rien : sa position l'empêchait de les visualiser.

— La caverne semble faire un coude si bien que nous sommes trop en retrait par rapport son entrée.

— Je vois. Cependant, parviens-tu à entendre ce qu'ils disent ?

Malgré la hauteur du plafond, les voix résonnaient et Peirol réussit à saisir l'essentiel de la conversation. Quelques instants plus tard, ils reconnurent le cliquetis d'un trousseau de clés. Un homme de petite taille se rapprochait du cachot, suivi de trois jeunes garçons aux mains liées.

— Ecarte-toi, lança le brigand en bousculant le troubadour.

D'un geste brusque, il poussa les jeunes captifs dans la cellule et referma la grille à clé.

Cela faisait un moment que l'amulette de Louis vibrait à son cou, mais il attendait d'être hors de vision des routiers pour la prendre. Au creux de sa main, le symbole de la lyre brillait d'un jaune étincelant, presque doré. Les prisonniers, silencieux, étaient troublés par cet étrange médaillon. Louis leva la tête, regarda Peirol puis sourit. Mais son sourire disparut dès qu'il vit la jeune fille. Hervé, qui tremblait comme une feuille, finit par s'assoir à même le sol en s'adossant au mur. Ses larmes avaient laissé deux sillons le long de ses joues poussiéreuses. Amaury observait le troubadour. Il essayait de prendre sur lui, mais il ne pouvait cacher son inquiétude. Seul Louis semblait indifférent à ce qu'il se passait et avait complètement oublié l'endroit dans lequel il se trouvait. Il n'avait d'yeux que pour la jolie jeune fille qui, elle aussi, le dévisageait.

C'est elle qui brisa le silence.

— Est-ce que tu vas me regarder comme ça encore longtemps ? cracha-t-elle.

Louis sursauta, hébété par l'insolence de la demoiselle.

— En fait, j'ai l'impression de t'avoir déjà rencontrée.

— Et bien, c'est juste une impression.

— Tu t'appelles Marie.

La jeune fille souleva un sourcil, étonnée par le fait qu'un roturier connaisse son prénom.

— Quand bien même ce serait mon prénom, j'ai pour habitude que l'on m'appelle Mademoiselle, surtout lorsqu'un manant s'adresse à moi.

Louis ne réagit pas, satisfait de sa justification.

— Je savais qu'un jour ou l'autre tu viendrais à ma rencontre, Louis, intervint le troubadour.

— J'aurais aimé vous rencontrer dans d'autres circonstances.

— Effectivement. Qu'attends-tu de moi ?

— Je crois que vous pourriez m'aider à trouver des réponses.

— Tout le monde veut des réponses. Et la première d'entre elles nous concerne tous les cinq : comment allons-nous sortir d'ici sains et saufs ?

— Vous êtes le seul adulte, lança Marie, c'est à vous de nous aider.

— Non. Nous devons plutôt coopérer.

— Nous sommes leurs otages, dit Amaury. Pour quelle raison ont-ils besoin de nous ?

— Pourquoi ne pas le leur demander directement ? répondit Louis.

— Tu en as encore beaucoup des idées de ce genre ? ironisa Marie.

— Ce n'est pas idiot, intervint Peirol. Continue, Louis.

Marie haussa les épaules et croisa les bras sur sa poitrine.

— Nous devons échafauder un plan pour pouvoir nous échapper, proposa Louis. Nous pourrions ensuite expliquer au seigneur de Montfertier les raisons de leur rébellion et l'emplacement de leur repaire.

— Je suis d'accord, acquiesça Amaury qui s'était approché des barreaux. Le dénommé Colin est sûrement leur chef et j'ai l'impression qu'il n'est plus ici. Nous devrions le leur demander sans éveiller leurs soupçons évidemment.

— Je pense avoir une idée, intervint Louis. L'un de nous devrait feindre un malaise. Étant donné le peu de subtilité du Nabot, il n'y verra que du feu. Il se tourna alors vers Peirol. Il faudrait que vous le mainteniez une fois entré dans la cellule.

— Sans arme, cela me paraît compliqué. Mais il n'est pas grand, cela peut aider.

— Il faut être méthodique, dit Marie. Quel est le plus urgent ?

— Les brigands sont nombreux, intervint Hervé qui s'était rapproché du groupe, et nous ne ferons pas le poids. Mais si leur chef a effectivement quitté les lieux, notre ruse fonctionnera. Surpris, tout le monde s'était tourné vers lui. Amaury sourit.

— Tu as raison, reprit Peirol. Il lança un rapide coup d'œil vers les brigands. Ils sont trois là-bas. Je me charge de vérifier l'absence de ce Colin et, si c'est le cas, nous nous répartirons les rôles à jouer. Reculez jusqu'au mur.

Le troubadour s'approcha des barreaux et cria :

— Colin, libère les enfants ! Ils sont innocents et tu n'as pas besoin d'eux. *Pas de réponse.* Colin ! hurla-t-il, libère les enfants !

— Boucle-la, rétorqua Le Nabot.

— Tu veux que je le fasse taire ? demanda son acolyte en tâtant la dague qui pendait à sa ceinture

— Non, Lambert. Je n'ai pas envie d'avoir de problème. Il se tourna alors vers Peirol. Colin n'est plus ici.

Peirol se retourna vers les jeunes amis et sourit.

— C'est donc à toi de les libérer.

— Tu me prends vraiment pour un idiot !

— Pourquoi les gardez-vous, dans ce cas ?

— Ils vont nous servir de monnaie d'échange. Surtout la fille. Elle doit sûrement appartenir à une quelconque famille fortunée. La rançon n'en sera que meilleure.

Louis nota que les brigands ignoraient l'identité de Marie.

— Plus je t'écoute parler, continua Peirol, plus j'ai l'impression d'avoir en face de moi un paysan désespéré plutôt qu'un routier assigné à un simple rôle de geôlier.

— Dis donc le drôle, intervint Lambert, qui es-tu pour nous juger ?

— Un troubadour. Dites-moi plutôt la raison de votre différend avec le seigneur de Montfertier.

— Cela ne te regarde pas, lança le troisième bandit qui était resté muet jusque-là.

— Oublie, Odon, reprit le Nabot. De toute façon, il est enfermé. On ne craint rien.

Peirol confirma en haussant les épaules. Le Nabot s'approcha de la cellule.

— Aymar de Montfertier est un pendard et un voleur, répliqua-t-il. Les impôts sont encore plus lourds chaque année et il nous est de plus en plus difficile de nourrir nos familles. Au départ, aucun d'entre nous n'osait réagir par peur des représailles. Un seul homme eut le courage de s'élever contre lui : Colin, le forgeron.

Quelques semaines avant sa rébellion, sa femme et ses trois enfants sont tombés malades. Il n'a rien pu faire pour les sauver. Le jour même où il a enterré les siens, il a juré de ne plus rien donner au seigneur.

Sa réponse ne se fit pas attendre.

Une semaine plus tard, un émissaire s'est présenté chez le forgeron pour réclamer ce qu'il devait à Montfertier. Colin leur expliqua calmement, mais fermement que le seul responsable de la mort de sa famille était Aymar de Montfertier. Mais l'émissaire ne l'entendait pas de cette oreille et a affirmé qu'il ne repartirait pas sans avoir récupéré son dû.

Inutile de vous préciser de quelle manière il lui a fourni ce qu'il devait.

Le Nabot se tut et Lambert prit la parole :

— Le lendemain matin, à l'aube, trois cavaliers ont surgi à l'improviste. Ils ont saccagé les récoltes du forgeron et ont mis le feu à la ferme.

C'est la goutte d'eau qui a fait déborder le vase : à partir de cet incident grave que, choqués et en colère, nous avons décidé de l'aider. Armés d'outils, nous avons foncé dans la mêlée. L'un des cavaliers a malheureusement péri sous les coups de Colin. Les deux autres ont réussi à s'échapper. Meurtrier, Colin a dû s'enfuir et se terrer dans les bois. Très vite, nous l'avons retrouvé. Par chance, nous avons découvert une caverne bien dissimulée en plein cœur de la forêt. Elle devint notre refuge. Certains d'entre nous ont pu nous rejoindre, accompagnés de leur femme et leurs enfants.

La vie sauvage que nous menons depuis tout ce temps est si difficile que la plupart d'entre nous sont partis. Cela fait plusieurs mois que nous nous cachons, continua le Nabot, et nous sommes épuisés.

Tu as raison, troubadour, nous sommes juste des paysans en colère. Mais pour le seigneur, nous sommes des larrons et des meurtriers.

Un silence pesant s'installa.

— Et maintenant ? reprit Peirol au bout d'un moment.

— Il ne vous arrivera rien. Vous nous servirez de monnaie d'échange lorsque nous affronterons le seigneur de Montfertier.

— Je vois. Seulement, acceptera-t-il de vous rencontrer ?

— Aura-t-il vraiment le choix ? Nous sommes déterminés et…

— Peirol, vite !

Le troubadour reconnut la voix de Louis. Il se retourna et vit Marie allongée sur le sol tandis que Louis lui maintenait la tête sur ses genoux.

— Que s'est-il passé ? demanda Peirol à haute et intelligible voix.

— Je ne sais pas vraiment, répondit le garçon sur le même ton, elle s'est mise à chanceler puis s'est effondrée. J'ai juste eu le temps de la rattraper pour qu'elle ne se blesse pas.

Peirol se rapprocha et se mit volontairement dos au brigand afin de cacher la jeune fille qui ouvrit rapidement les yeux.

— Ne bouge pas, murmura le troubadour. Amaury, tu prendras la place de Louis qui va venir m'aider. Lorsque je vous ferai signe, chuchota-t-il à Amaury et Hervé, vous vous enfuirez avec Marie. On se retrouve devant l'entrée du château de Montfertier.

— La fille s'est évanouie ! hurla Peirol en se retournant vers le brigand. Il nous faut de l'aide !

Le garde hésita.

— Et bien qu'attends-tu ? cria Lambert. S'il leur arrive quelque chose, on risque d'avoir de gros ennuis !

Le Nabot attrapa le trousseau de clés qui pendait à sa ceinture puis ouvrit la grille. Dans la précipitation, il la laissa grande ouverte et s'approcha des prisonniers. Par chance, les routiers restés près de feu ne pouvaient pas voir grand-chose et se désintéressèrent rapidement, préférant laisser leur compagnon régler la situation.

Le Nabot ne vit alors rien venir : une violente douleur au ventre le plia en deux. Il n'eut pas le temps de se relever qu'un bras lui comprimait la gorge.

— Si tu pousses un cri, je te brise la nuque, entendit-il au creux de son oreille. Si tes acolytes demandent ce qui se passe, réponds-leur que la fille va bien.

Le Nabot cligna des yeux pour signifier qu'il avait bien compris.

— Louis, continua Peirol à voix basse, détache les clés et prends la dague. Marie, enlève ta ceinture et donne-la à Louis. La jeune fille hésita puis obéit. Louis, reste à côté de moi. Vous autres, fuyez. Demeurez le plus possible dans l'ombre jusqu'à la sortie de la caverne. Une fois dehors, courez. On se retrouve au château.

Chapitre 10

Le même jour, peu après Nones

Peirol serra son étreinte et recula au fond de la cellule pour se fondre dans la pénombre. La ceinture encore à la main, Louis était figé, stupéfait par le visage du troubadour. Ce n'était plus le même : ses lèvres, pincées, ne formaient plus qu'un trait fin ; ses yeux disparaissaient derrière ses sourcils froncés et son regard était froid, dénué d'émotion.

— Qu'attends-tu, lâcha-t-il, prends la dague et récupère les clés qui pendent à la serrure.

Louis sortit de sa torpeur. D'une main tremblante, il se saisit de l'arme puis il s'empara du trousseau en bloquant les clés afin qu'elles ne s'entrechoquent pas.

— Tu vas mettre tout doucement tes mains derrière le dos, murmura Peirol à l'oreille de son prisonnier. Si tu te débats, je te tue. Si tu hurles, je te tue.

Le Nabot acquiesça en clignant de nouveau des yeux.

— Louis, continua le troubadour, attache-lui les poignets avec la ceinture.

Une fois les mains du brigand liées, ils quittèrent la cellule.

— Hé ! Le Nabot ! La fillette t'a séquestré ou quoi ?

La voix d'Odon résonna dans la caverne. Louis et Peirol s'immobilisèrent, à quelques pas de la sortie. Un léger rictus se dessina sur les lèvres du Nabot.

Silence.

Brusquement, Odon tourna la tête et se leva d'un seul coup en voyant les fuyards.

— Si vous faites quoi que ce soit d'idiot, vous perdez un ami, déclara Peirol d'une voix calme et monotone.

— Tu crois nous impressionner ? Les troubadours sont des couards, tout le monde le sait.

Ils préfèrent frapper sur leur tambour parce qu'il ne rend pas les coups !

Peirol ignora le sarcasme et donna un puissant coup de poing dans les côtes de son prisonnier qui hurla de douleur. Les deux mercenaires reculèrent et s'apprêtèrent à dégainer leurs armes pendues à leur ceinture.

— Ne faites rien d'idiot, insista Peirol.

Sous la violence du coup, des larmes de douleurs avaient embué les yeux du Nabot. D'un mouvement de la tête, il leur fit signe de ne pas bouger.

— Que comptes-tu faire maintenant ? lança Odon qui écartait lentement sa main de la dague. S'il était décontenancé et moins sûr de lui, il ne le montra pas.

— Laisse partir le garçon.

— Et après ?

— Ce sera mon tour.

— Tu sembles oublier que nous sommes trois.

— Vous risquez de vous retrouver moins nombreux si tu continues à faire le héros.

Un silence pesant s'était installé dans la grotte. Louis, en retrait derrière le troubadour, hésitait à s'enfuir. Autour de son cou, l'amulette vibrait intensément. La raison le poussait à s'échapper, mais son instinct lui intimait l'ordre de rester.

— Il faudrait les enfermer dans leur propre cachot, finit-il par dire.

— Que fais-tu encore là ? s'exclama Peirol. Va-t'en !

— Je crois que la meilleure solution est de les emprisonner à notre place, continua Louis. Nous pourrons alors nous enfuir sans craindre d'être poursuivis.

Les deux hommes se mirent à rire.

— Lâchez vos armes, dit Peirol. Les rires cessèrent.

— Tu ne vas tout de même pas écouter le gamin ?

— C'est justement ce que j'avais prévu de faire. Débarrassez-vous de vos armes.

— Vous faites une énorme erreur. Lorsque Colin sera de retour, il…

— Lorsque Colin sera de retour, le seigneur Aymar de Montfertier et ses soldats seront en chemin pour vous botter les fesses.

Les armes ricochèrent contre les parois de la caverne avec un bruit métallique. Peirol ordonna aux deux hommes d'avancer jusqu'au fond de la cellule puis projeta violemment le Nabot qui s'étala de tout son long sur le sol terreux. Louis referma la porte à clé et jeta la dague et le trousseau dans le feu.

— Suis-moi, dit Peirol, il faut rejoindre rapidement la route de Montfertier avant l'arrivée d'autres brigands.

Ils se déplacèrent discrètement, mais à vive allure au cœur de la forêt. Louis, angoissé, sursautait à la moindre brindille écrasée. Au bout d'un bon moment, le troubadour ralentit le pas puis s'immobilisa derrière un grand marronnier. Louis n'entendait plus que le chant des oiseaux et le frémissement des feuilles.

— La route est par là, chuchota Peirol en montrant le nord. Nous allons faire unc courte pause avant de repartir.

Assis au pied du tronc, ils récupérèrent leur souffle.

— Tu es sacrément courageux, reprit le troubadour, ton plan d'évasion était brillant. J'en ferai part à Aymar de Montfertier lorsque nous le rencontrerons.

— Merci.

— Rien de plus normal lorsqu'on possède ton audace. Grâce à toi, la princesse Marie est saine et sauve, et le repaire des bandits est enfin décelé. Le seigneur de Montfertier doit absolument être au courant de tout cela. Je composerai une Geste en ton honneur !

— Qu'est-ce qu'une Geste ?

— Une Geste, ou plus précisément une chanson de Geste est un poème qui chante les exploits d'un héros. Ce que tu as accompli aujourd'hui en est un.

Louis n'en revenait pas. Un véritable troubadour le considérait comme un héros.

— Merci, dit timidement Louis.

— C'est moi qui te remercie, insista-t-il en posant sa main sur l'épaule. Maintenant, explique-moi pourquoi tu me cherchais.

Louis enleva l'amulette de son cou et la tendit au musicien.

— Je suis à la recherche de la troisième oreille. Cette amulette m'aide à réunir tous les indices me permettant d'y arriver ; elle se met à vibrer dès que je m'approche de l'un d'eux et les symboles prennent une couleur particulière.

— Si je comprends bien, dit Peirol en observant l'objet, le symbole de la croix brille d'un magnifique violet parce que tu as précédemment rencontré un homme d'Église.

— Oui, Frère Étienne, le prieur de Saint-Guilhem-la-Forêt. Il n'a pas su me dire ce qu'était la troisième oreille, mais en partant, il m'a donné un parchemin. Il le sortit de sa poche et le tendit au troubadour.

— C'est un passage de la Bible. Qu'as-tu compris ?

Louis préféra éviter de relater sa rencontre avec l'homme en noir.

— C'est une sorte d'énigme : un travail personnel sérieux engendre la réussite.

— C'est ce que je comprends également. Et je suis entièrement d'accord avec cela. Cependant, je ne sais pas non plus ce qu'est la troisième oreille.

— Moi non plus.

Peirol s'adossa au tronc du marronnier.

— Si la croix symbolise un homme d'Église, la lyre doit représenter un musicien.

— Oui. Voilà pourquoi je suis parti à votre recherche.

Le troubadour observa l'amulette : le symbole de la lyre brillait d'un jaune éclatant. Il lut à nouveau le parchemin.

— Il semble que je sois effectivement celui que tu cherches, car la « pierre d'Auvergne » n'est autre que mon prénom et mon nom : Peirol d'Alvernhe.

Louis acquiesça d'un air entendu.

— Résumons, reprit le troubadour en regardant l'amulette : les couleurs qui éclairent les symboles désignent toutes les personnes qui t'aideront à découvrir la Troisième Oreille. Ainsi, le violet est lié à un homme d'Église — Frère Étienne — qui t'a permis de comprendre ce qu'est la Première Oreille.

Ensuite, le jaune correspond à un musicien. Selon le prieur, il s'agit de moi-même.

Enfin, si on suit la logique des symboles, tu dois trouver un guerrier, représenté ici par un écu.

— Oui. Mais qui ?

— Tu m'en demandes trop. Louis soupira.

— Si le prieur m'a ordonné de vous rencontrer, c'est que vous pouvez m'aider à repérer la Troisième Oreille.

— Je vois… Mais je ne comprends pas où tu veux en venir.

— C'est grâce à Frère Étienne que j'ai découvert la Première Oreille. Il est donc évident que c'est grâce à vous que je vais trouver la Deuxième Oreille.

Le troubadour se mit à rire.

— Qu'y a-t-il de si drôle ?

— Excuse-moi, Louis… Comment veux-tu que je t'aide à mettre la main sur quelque chose que je ne connais pas ?

— Il doit forcément y avoir un lien avec la première oreille.

— Je crois que tu intellectualises trop les choses, Louis.

Le troubadour rendit l'amulette et le parchemin puis se leva.

— Reste-là pour le moment, je vais vérifier si nous n'avons pas été suivis. Si tu ne…

— Attendez ! s'exclama tout à coup le garçon. En fait, c'est grâce à vous si nous avons pu nous enfuir, n'est-ce pas ?

— Pas seulement. Je te rappelle que c'était ton stratagème. Je n'étais que le bras armé. Et tu sembles oublier l'aide précieuse de tes amis ainsi que le rôle qu'a joué la princesse Marie en feignant brillamment son malaise.

— Vous avez raison. Ainsi, nous avons donc tous pris part à notre évasion.

— Et donc ? Je ne comprends toujours pas où tu veux en venir.

Louis, excité, se leva à son tour.

— Et si c'était cela la deuxième oreille : nous avons tous coopéré afin de réussir à nous enfuir.

— Ce que nous avons accompli avec brio.

— Oui ! s'écria Louis en sautant sur place.

— Chut ! Tu vas nous faire repérer ! Louis plaqua ses mains sur la bouche et s'assit. Il nous reste une interrogation : qui est donc le guerrier que tu dois rencontrer ?

— Je n'en sais rien.

— Voici ce que je te propose : je vais vérifier si nous avons bien semé nos ravisseurs puis nous nous rendrons visite au seigneur de Montfertier pour tout lui raconter. Sur place, tu retrouveras certainement tes amis et vous pourrez alors continuer vos recherches. Le château est gorgé de gens d'armes et ton amulette te guidera sur place. Si tu ne me vois pas revenir, fonce au château sans te retourner et préviens la garde.

Louis acquiesça.

Le troubadour disparut, laissant derrière lui un silence apaisant. Un chardonneret gazouillait allègrement sur l'une des branches du marronnier, au-dessus de Louis.

Il plaça son amulette autour du cou : les deux symboles brillaient d'une intense lumière. Pris d'une fatigue soudaine, le garçon s'adossa au large tronc et ferma les yeux, profitant de ce moment d'accalmie pour se reposer. Il finit par s'assoupir, bercé par le frémissement des feuilles.

Brusquement, la brise tomba et les oiseaux se turent. Ce silence inattendu réveilla Louis. À quelques mètres du marronnier, l'homme en houppelande noire se tenait devant lui, appuyé sur son long bâton noueux. Curieusement, Louis avait le sentiment que l'individu lui souriait.

— Encore vous ! s'exclama le garçon.

— Félicitations, Louis. Sais-tu pour quelle raison je suis à nouveau devant toi ?

— Je crois avoir découvert la deuxième oreille.

— C'est exact.

Louis sentit la moutarde lui monter au nez.

— Dites, lança-t-il en se levant, c'est la deuxième fois que vous apparaissez de nulle part. Il va falloir m'expliquer à quoi vous jouez !

L'individu s'aida de son bâton pour se redresser et fit un pas en avant.

— L'emportement a toujours tort, Louis, mais la maîtrise de ses émotions est une preuve de sagesse.

Il pencha soudainement la tête sur le côté, comme s'il regardait derrière le garçon.

— Peirol ne reviendra pas de sitôt. Rends-toi au château sur-le-champ.

Louis, étonné, se retourna. Un corbeau fixait le jeune garçon de son œil noir. Lorsqu'il se retourna à nouveau, l'individu avait disparu.

Chapitre 11

Le 30 septembre 1217, bien après Nones[50]

Hors de lui, Aymar de Montfertier tapa violemment du poing sur la table. Le coup résonna sur tous les murs de la Grand'Salle[51]. Sous le choc, la coupe remplie de vin se brisa à ses pieds et éclaboussa le bas de ses chausses — ce qui l'irrita encore plus. Les personnes présentes dans la pièce ne purent s'empêcher de sursauter, étonnées de le voir ainsi perdre son sang-froid, car c'était, pour la plus grande partie de la population, un homme apprécié pour son calme et sa sagesse.

— Que s'est-il passé ? hurla-t-il. Pourquoi ma fille n'est-elle pas avec vous ?

Face à lui, de l'autre côté de la table, les deux domestiques de la princesse Marie, terrifiées, fixaient

[50] Vers 15 h 30.

[51] Salle principale du logis seigneurial qui servait de salle de réception où étaient organisés de grands repas, des cérémonies officielles et de lieu pour rendre les décisions de justice.

le sol. D'un pas lourd, il fit le tour de la table et s'approcha des jeunes filles, écrasant au passage les bris de verre.

— Et je veux la vérité !

Adeline, la plus âgée, s'avança tête baissée.

— Il y a un mois de cela, commença-t-elle d'une voix chevrotante, Mademoiselle Marie s'est confiée. Elle ne pouvait plus supporter d'être enfermée entre les murs du château et nous a annoncé qu'elle voulait s'enfuir de… *sa prison.*

La jeune fille avait insisté sur ces deux derniers mots.

— A-t-elle vraiment utilisé ces termes-là ?

— Oui, Sire, je vous le jure ! Du menton, le seigneur lui fit signe de continuer. Mademoiselle avait pris la décision d'aller dans la forêt pour y passer une bonne partie de la journée et fuir, pour un moment, la vie qu'elle mène ici.

Un matin, alors que nous nous rendions, Héloïse et moi-même, dans sa chambre, Mademoiselle s'est empressée de nous faire rentrer et de fermer la porte à clé. Elle était radieuse. Elle portait une robe blanche étincelante que nous n'avions encore jamais vue. De la main, elle nous a fait signe de nous approcher du coffre placé au pied de son lit. Après l'avoir ouvert, elle a sorti deux habits de paysannes qu'elle a dépliés sur le lit. Nous ne savions pas d'où venaient ces vêtements et comment ils étaient arrivés dans la chambre, mais devant nos visages ébahis, Mademoiselle s'est mise à rire. Ces vêtements nous étaient destinés. Le matin même, nous avons quitté discrètement le château pour…

— Discrètement, dis-tu ?

Aymar se retourna vers son conseiller resté près de la table, un homme assez maigre et élancé, les traits marqués par le temps, mais au regard encore perçant.

— Evehard, continua-t-il, vous prendrez les noms de tous les incompétents qui ont laissé s'échapper ces trois sottes.

Le conseiller acquiesça et fit un signe de la tête à l'un des gardes postés près de la porte qui, s'empressant d'obéir aux ordres, quitta aussitôt la pièce.

— Continue, lança le seigneur, en revenant vers la jeune domestique.

— Une fois passées les portes, nous avons couru vers la forêt. Mademoiselle Marie était si heureuse que nous avions du mal à la suivre. Nous étions toutes les trois tellement excitées que, sans vraiment nous en rendre compte, nous nous étions trop enfoncées dans la forêt et avions perdu la notion du temps.

Adeline fit une pause. Ses yeux commençaient à se voiler de larmes.

— Eh bien, hurla Aymar, qu'attends-tu ? Parle !

La jeune fille mit les mains sur son visage et se mit à pleurer.

— Alors que nous étions toutes les deux inquiètes, continua Héloïse qui s'était avancée d'un pas, Mademoiselle ne cessait de chanter, de rire, de danser. Face à tant de bonheur, nous avons fait de même. Nous ne nous étions pas rendu compte que trois individus, sortis de nulle part, nous observaient.

— Décris-moi ces hommes, dit-il en serrant les dents.

— Sales et dépenaillés. Ils portaient des vêtements usés, des morceaux d'armure de cuir dépareillés et étaient armés d'épées et de gourdins.

— Vous les aviez déjà vus au château ? Héloïse déclina de la tête.

— Vous ont-ils dit leurs noms ?

— Non, seigneur.

— Que vous ont-ils dit alors ?

— Je… je ne me souviens plus… J'étais si terrifiée que…

— Que s'est-il passé ensuite ? hurla-t-il en secouant la jeune fille par les épaules, comment avez-vous réussi à vous échapper ? Pourquoi ma fille est-elle encore là-bas ?

— Sire, intervint Evehard en s'approchant de son seigneur, ces deux jeunes filles sont terrifiées.

Gardez espoir, Mademoiselle Marie ne se laissera pas faire, j'en suis persuadé.

— Comment peux-tu en être sûr, Evehard ? Tu es bien au chaud entre les murs du château, tu ne sais pas ce qu'est en train de vivre ma fille !

— Je comprends, Sire, continua le conseiller d'une voix sereine, mais peut-être serait-il plus sage de garder votre calme. Ce ne sont que des enfants et…

— Tu me dis de me calmer alors que ma fille se trouve entre les mains de brigands, abandonnée par ses servantes ? Je suis à deux doigts de mettre ces deux idiotes au cachot, au pain noir et à l'eau pendant une semaine !

Héloïse porta la main à sa bouche. Adeline pleura de plus belle. Les deux hommes se toisèrent un petit moment puis le conseiller baissa la tête et reprit sa place, près de la table. Un silence pesant s'installa dans la pièce, entrecoupé par les crépitements du bois qui brûlait dans la cheminée.

Aymar souffla bruyamment puis, posément, il s'adressa aux deux jeunes domestiques :

— Continuez. Je veux savoir ce qui s'est passé ensuite.

— Mademoiselle est restée très calme, poursuivit Héloïse, et a fait preuve d'héroïsme.

— C'est-à-dire ?

— Discrètement, Mademoiselle s'est baissée et, feignant de dépoussiérer le bas de sa robe, elle a ramassé une poignée de terre et de cailloux qu'elle a cachée derrière son dos. D'un regard, elle nous a intimé l'ordre de nous taire puis elle a engagé la conversation avec les individus. Elle leur a dit que nous étions de simples paysannes et que nous nous étions malencontreusement perdues dans la forêt.

Malheureusement, ils ne nous ont pas crues et, sans prévenir, ils ont tenté de se jeter sur nous. Nous nous sommes mises à hurler. Mademoiselle, d'un geste rapide, a lancé sa poignée de terre au visage de l'homme qui tentait de l'attraper et nous a ordonné de fuir. Nous avons couru à perdre haleine, sans nous retourner jusqu'à ce que nous retrouvions, par hasard, le chemin qui mène au château.

Héloïse releva la tête, les yeux baignés de larmes.

— Et c'est à cet instant que nous nous sommes rendu compte que Mademoiselle ne nous avait pas suivies.

Aymar serrait les deux poings pour tenter de maîtriser sa colère. Un garde arriva soudain à la porte de la salle. Il était essoufflé, mais son visage semblait joyeux.

— Parle ! hurla le seigneur, quelles nouvelles ?

— Mademoiselle Marie vient d'arriver. Elle est accompagnée de deux jeunes garçons.

— Où sont-ils ?

— En bas, Sire, aux cuisines. Ils sont épuisés et affamés.

Aymar remercia le garde d'un signe de tête et s'apprêta à le suivre lorsqu'il se ravisa.

— Suivez-moi, lança-t-il aux deux filles, mais croyez-moi, je n'en resterai pas là.

Avant de passer la porte, le seigneur s'arrêta devant son conseiller et posa la main sur l'épaule.

— Tu avais raison, mon ami. Marie ne se laisse jamais marcher sur les pieds. Tout le portrait de sa mère ! Les deux hommes sourirent. Pardonne ma remontrance de tout à l'heure, Evehard, elle était déplacée.

— Sire, l'inquiétude blesse davantage qu'un coup d'épée. Vous êtes un père aimant, croyez-moi, mais je peux vous assurer que même le plus vertueux des parents reste désemparé lorsque son enfant est en danger.

— Tu es la sagesse incarnée, Evehard.

Le seigneur quitta la pièce, suivi des deux domestiques. Lorsqu'elles passèrent devant le conseiller, il les gratifia d'un sourire réconfortant.

***

Aymar de Montfertier quitta le logis seigneurial[52], descendit les escaliers extérieurs, suivi des deux jeunes filles, et pénétra dans les cuisines. Assis à l'une des tables placées près de l'immense cheminée, Marie, Amaury et Hervé engloutissaient une belle tranche de lard accompagnée d'une miche de pain. Lorsque la jeune fille aperçut son père, elle se leva et courut se blottir dans ses bras. Derrière lui, elle découvrit ses deux domestiques et amies, les joues sillonnées de larmes.

— Vous êtes saines et sauves, prononça Marie, en se dégageant des bras de son père. J'étais si inquiète !

Aymar saisit le visage de sa fille entre ses larges mains :

— Ton père aussi était inquiet. Mais tu es là, c'est l'essentiel.

— Pardonnez-moi, j'ai abusé de votre confiance. Je ne m'enfuirai plus jamais.

---

52 Vaste bâtiment destiné au seigneur et à sa famille placé près du donjon.

Le seigneur lui sourit et déposa un baiser sur son front.

— Héloïse et Adeline n'y sont pour rien, continua-t-elle. C'est moi qui les ai entraînées dans cette histoire. Ne les punissez pas, je vous en prie, elles m'ont simplement obéi.

Son père se retourna vers les deux domestiques, leur lança un regard dur, mais acquiesça.

— C'est d'accord… pour cette fois. Asseyez-vous, leur dit-il en désignant la table où se trouvaient les garçons. Je crois que tu as des choses importantes à me dire, reprit-il en s'adressant à sa fille.

Marie présenta brièvement Hervé et Amaury puis parlèrent du troubadour et de Louis. Plus tard, ils lui expliquèrent leur évasion et le rôle qu'avaient joué Louis et le musicien pour les aider à s'enfuir. Ils en vinrent ensuite au repaire des brigands et lui révélèrent les raisons de leurs agissements.

Le seigneur de Monfertier était sidéré.

Il prit conscience de son implication dans toutes les manœuvres de ces hommes.

— Louis ! s'écrièrent soudainement les deux garçons.

Aymar, surpris, se retourna. Louis, accompagné d'un garde au visage sévère, s'approchait de la table.

— Ce jeune garçon insiste pour vous rencontrer. Il prétend connaître l'emplacement du repaire des brigands et demande à ce que l'on se rende sur place dans les plus brefs délais.

— Parle, je t'écoute.

— Un ami est prisonnier de ces brigands. C'est grâce à lui si nous avons pu nous enfuir. Je dois l'aider, mais je n'y arriverai pas seul. Aymar leva un sourcil, intrigué.

— Comment s'appelle-t-il ?

— Peirol.

— Peirol d'Alvernhe ?

— Oui.

— Oui, mon Sire ! intervint le garde en gratifiant Louis d'une claque tonitruante derrière la tête.

Le seigneur plissa les yeux.

— Évite ce genre de geste en ma présence. Surtout sur un enfant. Rends-toi utile et va quérir sur-le-champ le capitaine de la garde.

— Bien, Sire.

— Je connais bien ce troubadour, revint-il à Louis lorsque le soldat eut quitté la pièce. Si c'est également ton ami, je vais t'aider.

— Merci, Sire.

Le seigneur interpella l'une des cuisinières afin que les quatre enfants ne manquent de rien.

— Lorsque vous aurez terminé, rejoignez-moi à l'étage.

Fatigué, Louis s'assit à la table, près de ses amis, mais resta silencieux. Son amulette vibrait intensément depuis qu'il avait mis les pieds dans la cuisine.

Chapitre 12

Le 30 septembre 1217, vêpres[53]

Forêt de Montfertier

Peirol ne vit pas le coup venir. Il serra les dents. Son œil droit commençait à gonfler et du sang coulait de son nez. Il espérait simplement qu'il ne soit pas cassé. Malgré sa petite taille, ce satané Nabot avait de la force.

— Ça, c'est pour le coup de poing dans le ventre. Et ça, c'est pour mes côtes. La violence de la gifle fit chanceler le troubadour.

— Où sont les enfants ? reprit calmement Colin qui se tenait debout, derrière le Nabot.

— Je n'en sais rien. Colin ferma les yeux et soupira.

— Cesse de jouer le héros. Je répète : où sont partis les enfants ?

---

[53] Vers 18 h.

— Je te le dis, je n'en sais rien. Pourquoi t'obstines-tu, continua le troubadour, tu vois bien que tu perds ton temps avec moi. Tu n'arrives pas à la cheville de vrais combattants. Je suis allé en Terre Sainte, je sais de quoi je parle.

Peirol eut juste le temps de se protéger le visage qu'une averse de coups fondit sur lui.

— Préparez-vous à une attaque imminente, hurla Colin à l'ensemble de ses hommes, il est grand temps qu'on en finisse.

Ses compagnons enfilèrent à la hâte leurs armures et dégainèrent leurs armes. Peu nombreux, ils étaient néanmoins prêts à en découdre.

— Nous ne pouvons plus vivre terrés au fin fond de la forêt, traqués comme des bêtes sauvages ! harangua Colin au milieu de ses hommes. Nous ne sommes ni des barbares, ni des pillards et encore moins des meurtriers. Ce seigneur de Montfertier m'a tout pris, y compris ma dignité. Mais il ne prendra pas mon honneur. Notre honneur.

Colin se tut un moment et regarda tour à tour ses compagnons.

— Mes amis, continua-t-il, vous m'avez rejoint ici sans aucune hésitation, et je vous en serai toujours reconnaissant. Nous ne sommes pas des combattants, et encore moins des guerriers, mais ensemble nous avons assez de force et de courage pour mener à bien notre mission, quelles qu'en soient les conséquences.

Il s'arrêta devant l'un de ses hommes :

— Toi, Armant le boulanger, dit-il en posant sa main sur l'épaule, tu as quitté ton atelier pour me suivre. Et toi, mon ami Guibert, le meilleur cordonnier de la région, tu as aussi claqué la porte de ta boutique pour venir ici. Je suis fier d'être entouré de braves hommes tels que vous, déclama-t-il haut et fort, et sur mon honneur, je ferai tout ce que je pourrai pour que, dès à présent, vous puissiez vivre dignement. Plutôt mourir que survivre !

De sa cellule, Peirol observait la scène et, malgré sa situation délicate, se mit à sourire : Colin, investi dans son rôle de chef de guerre et plus que déterminé à en finir, ne pouvait analyser les visages de ses hommes. Un mélange d'angoisse et d'effroi se reflétait dans leurs yeux.

Ne vois-tu pas que tes hommes ont peur, Colin ? Ils sont fatigués et t'ont abandonné dans ton entreprise. Tu es seul.

Au même moment, un olifant[54] retentit à l'extérieur de la grotte. D'un seul geste, tous les brigands dégainèrent leurs armes.

***

— Place au seigneur Aymar de Montfertier ! hurlaient les deux gardes qui écartaient sans ambages la population. Sous les regards médusés des passants, un long cortège d'hommes en armes traversait la ville en direction de la porte sud.

Aymar de Montfertier, en tête de la colonne, montait un puissant destrier noir. L'épée sur le côté,

---

[54] Instrument à vent médiéval ressemblant à un cor, fabriqué à partir d'une défense d'éléphant et utilisé lors des combats.

il était équipé d'un haubert rutilant recouvert d'un tabard jaune aux couleurs de ses armoiries : une tour dorée sur fond rouge. Ses longs cheveux ondulés noirs clairsemés de mèches grises flottaient au gré du vent et une fine couronne incrustée de pierreries ceignait son front. Le visage fermé, il regardait droit devant lui, déterminé à en finir avec ces routiers qui gangrénaient son domaine depuis trop longtemps.

Juste après lui, Gui de Berre et Garin de Lore, ses deux plus fidèles cavaliers chevauchaient de robustes destriers[55], un écu et une large épée attachés dans le dos.

Evehard, le conseiller d'Aymar, et Louis, tous deux sur la même monture, suivaient de près les deux cavaliers. Aymar avait insisté pour que le garçon l'accompagne et, pour l'occasion, l'avait pourvu d'un vieux pourpoint d'étoffe rembourré légèrement trop grand pour lui mais qui lui couvrait la poitrine et le haut des cuisses.

---

[55] Un destrier est un cheval de guerre.

Une vingtaine de fantassins armés d'épées, équipés d'une broigne et d'une cervelière fermaient la marche.

Sur leur passage, les habitants s'interrogeaient quant à ce soudain défilé militaire. Pour certains d'entre eux, c'était la première fois qu'ils rencontraient leur seigneur. Les cloches de l'église s'étaient mises à carillonner et le silence s'était installé dans les rues. Seul le bruit des sabots résonnait sur les pavés.

Louis, très impressionné, n'osait rien dire. Il évitait les regards inquisiteurs des badauds, surpris de voir un si jeune garçon faire partie du cortège, et nombre d'entre eux s'étonnaient même de le voir chevaucher la monture d'un des hommes les plus prestigieux du château.

— Je n'ai pas vraiment ma place, finit-il par murmurer en se tournant vers Evehard.

— Ce n'est pas vraiment la place d'un enfant de ton âge, confirma le conseiller, et je dois t'avouer que je suis tout aussi interloqué que toi.

— Ça ne me rassure pas vraiment…

— J'en suis conscient. D'un autre côté, tu es le seul qui puisses nous conduire au repaire des brigands.

— Je ne suis pas le seul : Hervé, Amaury et Marie le connaissent également et ils auraient pu vous y mener tout aussi bien que moi.

— Effectivement. Cependant, Sire Aymar a pris la meilleure décision concernant sa fille : à l'abri derrière les remparts du château. Et puis, il ne l'a pas abandonnée : Hervé et Amaury lui tiennent compagnie.

— Hum. À leur place, je crois que je préfèrerais être ici…

Le conseiller sourit.

— Je ne prends pas ombrage de ton manque de respect envers la princesse, mais je dois dire que tu m'impressionnes : il n'est pas fréquent de rencontrer des garçons de ton âge aussi courageux et avisés que toi.

— Merci, murmura Louis.

— Et je suis d'accord avec toi, continua-t-il à voix basse, la princesse n'a pas vraiment un caractère facile.

Le soleil avait bien entamé sa descente et colorait le ciel de nuances orangées. Lorsque le cortège militaire passa la porte sud pour suivre la route qui menait à la forêt, il avait disparu derrière les arbres. La brise automnale jusqu'à présent appréciée faisait lentement chuter la température.

Tout en progressant en direction de la forêt, Aymar fit un signe furtif de la main et Evehard talonna son cheval pour se rapprocher de son seigneur.

— Evehard, dit Montfertier d'une voix calme, mais ferme, je sollicite ton avis.

— Je vous écoute, Sire.

— Je souhaiterais être de retour au château avant la nuit. Je voudrais en finir assez rapidement avec ces malandrins. Penses-tu que cela soit possible ?

— Je pense que oui, Sire, et si je puis me permettre, je vous le conseille. Se retrouver dans l'obscurité en plein cœur de la forêt est le meilleur moyen de se perdre ou de tomber dans une embuscade.

— Merci, Evehard.

Aymar se tourna vers Louis et esquissa un subtil sourire.

— Lorsque tu as ouvert un œil ce matin, dit-il d'un ton léger, songeais-tu chevaucher à mes côtés ?

— Non, Sire, s'entendit-il répondre.

— Comment te sens-tu ?

Un second frisson parcourut le dos du jeune garçon. Il ne sut s'il était dû à la brise du soir ou à ce sentiment de peur incontrôlable qui commençait à s'insinuer insidieusement au fond de lui.

— Je ne sais pas vraiment. En fait, si, se reprit-il aussitôt, j'aimerais que tout cela se termine bien. Pour nous, mais aussi pour eux.

— Je ne te promets rien, dit Aymar en fronçant les sourcils. Ces brigands n'auront que ce qu'ils méritent.

— Veuillez excuser mon impertinence, continua le garçon, mais ce ne sont pas des brigands. Vous avez une mauvaise image de ces hommes qui souffrent depuis plusieurs mois.

Le seigneur tira d'un coup sur les rênes et s'arrêta devant la monture de Louis. Evehard, crispé, leva la main pour faire signe à la troupe de s'immobiliser.

— Remets-tu en doute mon opinion envers ces individus ? gronda-t-il.

— Non, Sire.

— J'en suis fort aise. Si tu n'avais pas sauvé ma fille, tu te balancerais au bout d'une corde.

Le garçon sentit un frisson parcourir son échine, et cette fois-ci, il en était persuadé, il s'agissait bien de la peur.

— Ces hommes, comme tu le dis, auraient tout intérêt à se rendre. Ils devront répondre de tous leurs méfaits et seront jugés comme il se doit.

Louis baissa la tête tandis que la troupe reprenait sa marche.

***

Aymar de Montfertier et sa suite ne passaient pas inaperçus. Les gardes de la porte sud, tout d'abord étonnés puis très vite ébahis par ce défilé inattendu, avaient les yeux rivés sur leur seigneur lorsqu'il passa devant eux. Ce n'était pas rare que le seigneur de Montfertier fasse une sortie, mais, quand c'était le cas, la population était prévenue. Or, aujourd'hui, ce n'était pas le cas. Absorbés par la troupe qui franchissait la porte sud, les gardes ne virent pas les trois enfants qui se faufilaient derrière eux pour rejoindre rapidement le bas-côté de la route et se camoufler dans les frondaisons.

— Je maintiens que ce n'est pas du tout une bonne idée, chuchota Hervé au bout d'un petit moment.

— Tu n'as qu'à retourner au château et te cacher sous le lit ! lança Marie, exaspérée.

— C'est trop tard maintenant !

— Et puis je te rappelle que c'était mon idée, donc la meilleure parmi toutes vos propositions !

— Ce n'est pas la modestie qui vous étouffe, ironisa Hervé, et ça ne change rien au fait que votre idée reste très risquée.

— Dis donc, jeune impertinent, personne ne t'a demandé de nous suivre, que je sache !

— Et laisser mes amis en compagnie d'une capricieuse inconsciente ? Jamais !

Marie porta la main à ses lèvres, choquée par son insolence.

— Taisez-vous, s'emporta Amaury, ce n'est vraiment pas le moment de se disputer !

Hervé haussa les épaules alors que Marie le massacrait du regard.

— Vous avez tous les deux raison, reprit Amaury, ce que nous sommes en train de faire est dangereux et nous allons certainement être réprimandés pour avoir délibérément désobéi. Cependant, nous devons rejoindre Louis. Je ne supporterais pas qu'il lui arrive un malheur alors que nous nous prélassons au château.

— Je me chargerai de tout expliquer à mon père, affirma Marie.

— J'espère bien, maugréa Hervé.

— Marie, continua Amaury en ignorant la remarque de son camarade, lorsque nous étions enfermés dans la grotte, êtes-vous sûre de ce que vous avez vu ?

— Me traiterais-tu de menteuse ?

— Non, mais dans la précipitation ou la panique, vous auriez pu confondre avec un simple renfoncement dans la paroi de la caverne.

— J'en suis certaine : il y a bien une étroite ouverture dans le fond de la grotte.

— Sais-tu si elle peut nous mener à l'extérieur ?

— Évidemment que non ! Comment pourrais-je le savoir ?

— Merci de cette précision fort utile, maugréa Hervé.

— Si c'est le cas, elle peut servir d'échappatoire. Nous devons y aller pour en être sûrs.

— D'où le fait que l'on soit sorti du château, railla Marie en regardant Hervé. Nous n'avons qu'à suivre Louis, il nous conduira au repaire.

— Trop risqué.

— C'est bien ce que je dis ! intervint Hervé.

Marie lui jeta à nouveau un regard mauvais.

— Et bien, on t'écoute puisque tu es si fort, lâcha-t-elle !

— Je vais me gêner, répondit Hervé en croisant les bras : on devrait se rendre directement au repaire avant Louis. Je suis persuadé que nous ne rencontrerons aucun souci sur le chemin ; cela m'étonnerait que les brigands traînent encore dans la forêt.

— Et pourquoi, je te prie ? dit la jeune fille en soulevant un sourcil.

— Parce qu'ils doivent déjà savoir que ton père est en marche, continua Amaury, et, à mon avis, Colin et sa bande sont sûrement tous terrés au fond de la caverne.

— Soit, prononça Marie du bout des lèvres.

— Et Peirol ? dit Hervé.

— Quoi Peirol ?

— Il s'est à nouveau fait attraper, je vous rappelle.

— Eh bien quoi ? Il a réussi à s'échapper une première fois, il y arrivera une seconde fois, ironisa Marie.

— Non, dit Amaury, il nous a aidés. À notre tour de lui porter secours.

Marie voulut intervenir, mais, à contrecœur, abdiqua. Elle devait se rendre à l'évidence : ils avaient raison.

Les trois enfants attendirent que les derniers soldats soient passés pour sortir de leur cachette et courir à travers les champs en direction de la forêt. Non sans avoir fait quelques détours — au grand dam de Marie — ils arrivèrent à proximité de la caverne et se dissimulèrent derrière un grand hêtre afin de reprendre leur souffle. De l'endroit où il se trouvait, Amaury avait vue sur l'entrée de la grotte. Il profita du fait qu'il n'y ait personne aux abords du repaire pour faire signe à ses amis de le suivre. Discrètement, ils se mirent à la recherche de la faille.

Au bout d'un moment, Marie se mit à l'arrêt et leva la main pour immobiliser les garçons. Elle se retourna, son doigt placé sur l'oreille : une voix résonnait faiblement. Amaury acquiesça et se rapprocha de la paroi. Derrière un ensemble de ronces et de broussailles entremêlées, il aperçut une étroite ouverture dans la roche.

Le silence de la forêt fut soudainement troublé par des bruits de sabots et de pas : la troupe du seigneur de Montfertier s'approchait. Entre deux arbres, Amaury aperçut Louis.

— Et maintenant ? chuchota Marie.

— Je vais avancer discrètement, dit Amaury. Je vais faire en sorte que Louis descende de son cheval et me rejoigne derrière un arbre.

— Tu appelles ça être discret ? répliqua la jeune fille, autant aller voir mon père et tout lui expliquer !

— En voilà une idée de génie, se moqua Hervé. Que faisons-nous ici alors ?

— Je ne sais pas.

— Et bien quand on ne sait pas, on se tait !

Marie, outrée, se tourna vers Amaury pour le prendre à témoin de l'insolence de son ami, mais le jeune garçon avait disparu.

Au même moment, un olifant se mit à retentir.

***

Au son du cor, Colin attrapa son poignard et sa hache puis s'adressa à ses hommes d'une voix ferme :

— Soyez courageux, mes frères, le moment est venu et nous sommes prêts !

La compagnie s'enfonça le plus possible au fond de la grotte, armes en main.

— Colin, hurla Aymar de Montfertier à l'extérieur de la caverne, c'est terminé.

— Et alors ?

— Alors je n'ai pas d'autre choix que de donner l'assaut si tu ne te rends pas.

— Jamais ! Nous n'avons plus rien à perdre et vous en êtes l'unique responsable !

— Peut-être serait-il plus sage de se rencontrer et d'en discuter calmement.

— Se rencontrer ? Discuter ? ricana Colin. Entendez bien ce que j'ai à vous dire : la seule raison pour laquelle j'accepterais de vous rencontrer c'est pour vous enfoncer ma hache dans le crâne.

Evehard, choqué, porta la main à sa bouche. Les deux cavaliers se saisirent de leur épée. Louis observait Aymar : il avait fermé les yeux et pincé les lèvres. Il se tourna alors vers son conseiller qui acquiesça d'un air entendu. Immédiatement, Evehard éperonna son cheval et s'éloigna, tout en gardant un visuel sur l'entrée de la caverne. Louis ne comprit pas tout de suite ce qu'il se passait, mais il vit Aymar s'approcher de ses deux cavaliers et leur parler à voix basse.

— Pourquoi vous êtes-vous éloigné ? demanda Louis.

— Sire Montfertier va lancer une offensive, répondit calmement le conseiller. Il est donc plus sage de s'écarter.

— Mais… il y a sûrement un moyen d'éviter le combat ?

Alors que l'amulette se mettait à vibrer intensément autour de son cou, Louis sentit une douleur à la cuisse. Le temps de regarder sa jambe qu'une petite pierre le fouetta au même endroit. Par réflexe, il chercha l'emplacement d'où pouvait bien provenir le caillou. Il fut rapidement attiré par un léger mouvement, juste derrière un épais buisson de ronces. Louis fixait le taillis lorsque la tête chevelue d'Amaury apparut. Son sang ne fit qu'un tour : si son ami se trouvait ici et non au château, c'est qu'il n'était pas venu seul. Louis empoigna son médaillon qui vibrait encore et se tourna vers Evehard :

— Je suis désolé, lui lança-t-il.

— Que… ?

Le conseiller n'eut pas le temps de finir sa phrase que Louis avait déjà sauté du cheval et courait en direction du buisson. Evehard était tiraillé entre le fait de le rattraper ou rester à portée de son seigneur. En même temps, se dit-il, personne d'autre que lui n'avait remarqué ce qui venait de se passer et si par mégarde le seigneur l'apprenait, cela pourrait lui porter préjudice puisqu'il était seul responsable de Louis.

Le conseiller mit pied à terre et s'avança vers le fourré. Marie et les trois garçons firent alors irruption.

— Princesse ! s'écria-t-il, stupéfait.

— Pas si fort, Evehard, répondit-elle en plaquant un doigt sur ses lèvres.

— Que faites-vous ici ? Et pourquoi ces deux garçons sont-ils avec vous ?

— Peirol est encore prisonnier dans la caverne. Nous devons l'aider.

— Mais, Princesse, l'assaut est imminent !

— Justement, intervint Louis, il existe un moyen pour que Colin et ses hommes se rendent et que le troubadour soit délivré. Mais pour cela, je dois absolument parler à votre seigneur.

— Laisse-le passer, Evehard, et je m'arrangerai avec mon père pour qu'il ne t'arrive rien de fâcheux.

Le conseiller observa Marie puis Louis : la détermination se lisait sur le visage du jeune garçon.

— D'accord, dit-il, mais je l'accompagne. Et vous aussi, Princesse !

— Evehard, soyons sérieux… Je n'ai pas pris autant de risques pour finalement te coller aux basques ?

— Surveillez votre langage, Princesse !

— Je surveillerai mon langage quand tu arrêteras de me suivre !

Sans attendre la fin de la phrase, Louis se précipita vers Montfertier qui achevait de donner les derniers ordres à ses soldats. Leurs épées étaient dégainées et les ultimes rayons du soleil se reflétaient sur les longues lames polies.

— Attendez, hurla Louis en courant vers Aymar.

— Que fais-tu ici, Louis ? fustigea-t-il. Puis il fronça les sourcils en apercevant derrière lui son conseiller. Evehard ?

— Sire, insista le garçon, accepteriez-vous de m'écouter ?

— Non ! Evehard, que se passe-t-il ?

Le conseiller, droit comme un i, faisait en sorte de ne rien laisser paraître même s'il n'en menait pas large.

— Sire, veuillez excuser l'effronterie de ce garçon, mais il s'entête à ce que vous n'engagiez pas le combat et prétend avoir une approche légèrement plus… comment dire… conciliante.

— Conciliante ? s'écria Aymar en manquant de s'étouffer. Colin et ses hommes l'ont-ils été durant ces derniers mois ?

— Justement, osa timidement Louis, montrons-leur que la violence n'est pas la solution : j'ai un plan qui…

— Et depuis quand la stratégie militaire est-elle ta spécialité ?

— Monseigneur, intervint Gui de Berre, pardonnez mon impudence, mais peut-être pourrions-nous prendre le temps d'écouter ce que ce jeune homme vous propose ?

— N'oubliez pas, Sire, dit Garin de Lore, que c'est grâce à lui si nous sommes ici.

Aymar soupira bruyamment. D'un signe de la tête, il somma Louis de s'exprimer :

— Colin est animé par la douleur, reprit Louis, et souvent, la douleur entraîne la colère qui, à son tour, provoque inévitablement des représailles. Mais ses compagnons ne souffrent pas autant qu'il souffre. Ce ne sont pas des guerriers et, à mon avis, ils accepteront sans rechigner une alternative au combat.

Lorsque nous étions tous enfermés dans la cellule, votre fille a repéré une brèche dans la paroi de la caverne. Elle pourrait certainement servir d'échappatoire. Si certains de vos hommes entrent par l'ouverture principale de la grotte et d'autres se postent à l'extérieur au niveau de la fissure, Colin et ses compagnons seront pris en étau. Ils n'hésiteront pas à déposer les armes.

Aymar de Montfertier, Gui de Berre, Garin de Lore et Evehard restèrent interdits.

Louis s'était tu et attendait avec appréhension leurs réactions.

— Tu me demandes donc de faire preuve de clémence ?

— Oui, Sire, répondit Louis en rentrant la tête dans les épaules.

Les deux cavaliers se regardèrent, indignés par l'audace du garçon, mais étonnamment stupéfaits par sa témérité.

— La clémence est synonyme de faiblesse et les Montfertier n'ont jamais fait preuve de faiblesse !

— Mais elle est une force si elle est utilisée à bon escient.

— Assez ! Evehard, débarrasse-moi de ce garçon !

Le conseiller s'approcha de Louis et, la main dans le dos, lui intima de s'éloigner. Mais après avoir seulement fait quelques pas, le garçon se retourna et cria, les larmes aux yeux : « Vous auriez peut-être fait preuve de faiblesse si votre fille était encore prisonnière dans cette caverne et vous auriez tout fait pour éviter qu'elle ne soit blessée !

Le visage cramoisi de rage, Aymar de Montfertier s'avança furieusement vers Louis afin de lui donner une bonne correction quand soudain il s'immobilisa, les yeux écarquillés : Marie se tenait aux côtés du jeune garçon, flanquée de ses deux autres amis dont il avait oublié les prénoms.

— Colin et ses hommes devront être punis pour leurs méfaits, prononça calmement la princesse, mais ils ne méritent pas la mort.

— Et pour les obliger à se rendre sans verser le sang, continua Amaury, il serait avantageux de poster certains de vos compagnons au niveau de la brèche afin d'éviter toute fuite.

Montfertier était sidéré.

— Sire, intervint Evehard, je vous prie de bien vouloir reconsidérer votre position, car je dois reconnaître que Mademoiselle votre fille et ses amis ont raison. L'élaboration de leur stratagème me semble — étonnamment, je vous l'avoue — pertinente. D'autant plus qu'il ne faut pas oublier le troubadour.

Gui de Berre s'approcha de son seigneur :

— Sire, quels sont vos ordres ?

Aymar ignora la remarque de son cavalier et s'approcha des quatre enfants :

— J'ignore par quel enchantement vous avez réussi à venir jusqu'ici. Nous en discuterons ultérieurement, Marie, mais je dois avouer que je suis impressionné par votre courage et votre détermination. Et pour ne rien vous cacher, votre stratégie me semble tout à fait raisonnable.

Aymar se retourna alors vers ses deux cavaliers pour leur transmettre ses nouvelles directives :

— Je veux que vous formiez rapidement deux escouades. Gui, prends tes hommes et attends-moi devant l'entrée de la caverne. Ceux de Garin se posteront près de la brèche. Les soldats ne doivent pas savoir que nous évitons l'affrontement, mais qu'ils se tiennent prêts à toute éventualité. Louis, continua-t-il, conduis Garin et indique-lui l'endroit précis où se situe la faille. Evehard, prends trois hommes avec toi pour garder les enfants. Vous fuirez en direction du château si la situation dégénère. Allons-y prestement.

***

À l'intérieur de la caverne, un silence pesant régnait. Rien ne se passait depuis un moment, ce qui accentuait la tension déjà palpable. Colin observait ses hommes : certains le fuyaient du regard ou baissaient la tête, d'autres, qui hésitaient à déserter, s'enfonçaient discrètement au fond de la grotte pour se rapprocher de la brèche. Il devait se rendre à l'évidence : ses compagnons avaient peur. D'autant plus qu'Aymar de Montfertier, accompagné d'un fantassin armé d'une longue épée et d'une dizaine de soldats pénétrait dans la caverne. Colin, surpris, recula vers ses hommes et se mit en garde.

— Colin, déclara calmement Montfertier, mes soldats cernent ton repaire et nous connaissons l'existence de la brèche.

Le chef des brigands écarquilla les yeux de stupeur. Au même moment, plusieurs combattants s'infiltrèrent par la trouée et dégainèrent leurs épées.

— Comment est-ce possible ? Comment l'avez-vous découverte ?

— La réponse est simple : ne jamais sous-estimer les capacités d'un enfant.

Peirol se mit à rire à gorge déployée.

— Dépose les armes, reprit Aymar, et rends-toi.

— Jamais ! cria Colin, vous avez assassiné ma femme et ma fille !

— Je n'y suis pour rien. Vous auriez dû venir me voir et nous aurions trouvé un compromis. Je vous en prie, oubliez votre rancœur.

— C'est trop tard. Je n'ai plus rien à perdre.

À ces mots, Colin ordonna à ses hommes de se tenir prêts, mais personne ne bougea.

Le Nabot rangea son arme et s'avança vers son chef :

— Comment oses-tu dire que tu n'as plus rien à perdre alors que nous t'avons soutenu jusqu'à maintenant ? Nous avons laissé nos familles, nous avons quitté nos foyers et abandonné nos biens pour t'accompagner et t'aider. Et c'est comme ça que tu nous remercies ? Nous ne sommes rien à tes yeux ? Tes discours galvanisants n'étaient que des mots vides de sens, de l'hypocrisie pure et simple.

Le Nabot jeta alors son poignard aux pieds de Colin et aussitôt ses compagnons l'imitèrent. Le fracas des armes résonna dans toute la caverne.

Colin, déconcerté par la réaction de ses hommes, était désemparé. Il tomba à genoux et se mit à pleurer. D'un signe de la tête, trois soldats prirent Colin par les bras et le sortirent du repaire, suivi de près par ses compagnons. Gui, de son côté, récupéra les clés de la cellule et libéra Peirol.

Au même moment, Louis pénétra dans la caverne et se jeta dans les bras du troubadour.

Le repère se vida peu à peu. Louis fixait le cachot, à présent inoccupé. Alors qu'il allait rejoindre le troubadour, l'amulette se mit à vibrer autour de son cou : le symbole de l'écu brillait d'un rouge étincelant. En relevant la tête, il aperçut une forme noire dans l'encadrement de la grille de la cellule.

— Félicitations, Louis, déclara l'homme en noir.

Le garçon s'approcha lentement.

— Tu peux être fier de toi car tu viens de découvrir la troisième et dernière oreille. Tu sembles à nouveau étonné, dit-il en observant le visage de Louis, pourtant c'est en partie grâce à toi que Colin et ses hommes se sont rendus sans coup férir.

— Ce n'est pas moi qui ai découvert la brèche dans la paroi de la caverne.

— Effectivement. Mais la reddition de Colin n'est pas uniquement liée à la brèche. C'est un ensemble d'éléments mis en commun. Maintenant, réponds à ma question : comment as-tu fait pour que Colin et sa compagnie capitulent ?

Louis resta silencieux un moment.

— La violence ne mène à rien, déclara-t-il. Lorsque j'ai expliqué au seigneur de Montfertier que ce n'étaient pas des brigands, mais simplement des hommes en détresse, il a fini par m'écouter.

— Continue.

— C'est grâce à Marie qui connaissait l'existence de la brèche et grâce à Amaury et Hervé qui ont pu l'aider à l'amener jusqu'ici. Nous avons suggéré au seigneur la meilleure façon de positionner ses soldats autour du repaire. Le but était de ne pas intervenir mais de faire en sorte que Colin se rende.

— Votre stratagème a-t-il bien fonctionné ?

— Oui.

— Et pour quelles raisons ?

— Nous avons pris le temps de nous écouter, de comprendre le point de vue de chacun et d'utiliser nos ressources afin de prendre la bonne décision.

— Exactement. *La réussite collective dépend d'une entente intelligente, d'une ouverture d'esprit et de la mise en application à bon escient de nos connaissances.* À présent, rejoins tes amis. Nous nous reverrons bientôt.

Sans plus attendre, Louis quitta la caverne.

Chapitre 13

Le 30 septembre 1217, après vêpres[56]

Assis contre le mur humide et glacé de la cellule, Colin, tête baissée, fixait ses poignets entravés par de courtes chaînes reliées à un anneau scellé à la paroi.

Aymar de Montfertier ferma l'épaisse porte en bois du cachot, tourna la clé puis, par le guichet grillé, lui lança un dernier regard. Une fois dehors, il rejoignit Louis qui l'attendait près de l'entrée et lui somma d'aller se restaurer en cuisine.

Plus tard, alors que Louis venait juste de terminer sa tranche de lard et son bout de pain, un jeune domestique vint le chercher pour l'amener dans une modeste pièce circulaire au centre de laquelle se trouvait une cuve en bois remplie d'eau chaude. Une agréable et apaisante odeur de fleurs flottait dans l'air. Avant de quitter les lieux, le

---

56 Vers 17 h.

domestique déposa des vêtements propres et une clochette sur un petit coffre, près de la porte.

Lorsqu'il fut fin prêt, Louis remua la clochette. Quelques minutes plus tard, une jeune fille le conduisit à la porte de la Grand-Salle. Les gardes, en l'apercevant, n'attendirent pas les ordres de leur seigneur et ouvrirent en grand les larges battants.

Avec respect, ils se mirent sur le côté afin de laisser entrer le garçon.

Louis était impressionné.

Les murs étaient ornés de frises aux motifs végétaux dont certains étaient dissimulés par de tapisseries décrivant des scènes de chasse.

Sur le mur droit, une immense cheminée éclairait chaleureusement la salle dont l'éclat des flammes se reflétait sur les carreaux brun et ocre du pavement.

Au centre de la pièce, une longue table avait été montée sur laquelle on avait installé le couvert.

Au fond, face à lui, sous les armoiries des seigneurs de Montfertier, se dressait une estrade surélevée de trois marches recouvertes d'un tapis finement brodé.

Assis sur un trône de bois noir, Aymar de Montfertier souriait au jeune garçon. D'un simple geste de la main, il lui enjoignit de s'approcher. Louis s'arrêta au pied des marches et observa les différentes personnes qui entouraient le seigneur.

À droite, sur un siège légèrement plus petit se trouvait la princesse Marie. Il fut saisi par sa beauté dans sa ravissante robe blanche étincelante. Ses cheveux étaient coiffés en longues tresses entremêlées de fils d'or. Lorsqu'elle lui sourit, Louis sentit le rouge monter à ses joues.

À gauche de Montfertier, un peu en retrait, son conseiller Evehard se tenait debout, la main sur le dossier du trône. Vêtu d'un long surcot noir serré par une ceinture de cuir, il observait le jeune garçon. Son regard était perçant, mais affable.

Non loin du conseiller, assis sur un banc, siégeaient Peirol d'Alvernhe en livrée de troubadour aux couleurs jaune et vert, et l'imposant prieur Frère

Étienne, les mains enfouies dans les manches de sa bure.

Debout, près de la princesse, mais légèrement en retrait, Amaury et Hervé, en vêtements d'apparat, dévisageaient Louis avec un mélange d'humilité et de fierté.

Hormis les crépitements des bûches de bois dans les flammes de la cheminée, la Grand'Salle était silencieuse. Louis, gêné, dansait d'un pied sur l'autre. Si ce n'est les sourires ou les raclements de gorge, Louis avait l'impression d'être face à des statues de marbre.

Soudain, une vieille porte grinça au fond de la pièce. D'un pas étonnamment rapide, l'homme en noir s'avança vers l'estrade et se plaça au pied des marches. Louis remarqua tout de suite qu'il avait troqué son long bâton noueux contre un vieux grimoire maintenu sur sa poitrine. Le visage toujours caché par la capuche, il se tourna vers Aymar qui tapa des mains d'un coup sec. Au même moment, un domestique, venu de nulle part, s'approcha de Louis avec une escabelle dans les bras et la posa juste derrière lui.

D'un signe de la main, Montfertier fit signe au garçon de s'assoir.

— Maintenant que nous sommes tous réunis, nous pouvons commencer, prononça l'apparition d'une voix qui, étrangement, interpella Louis : il semblait la connaître sans réussir à mettre un visage dessus. L'homme en noir ouvrit alors le livre, déplaça le signet de tissu rouge puis se mit à lire à haute voix :

« Un beau matin d'été, un jeune garçonnet,
Au prénom comparable à tous les plus grands rois,
Au printemps de sa vie, dès lors apparaîtra,
Sur les très nobles terres du Seigneur Montfertier.
La Troisième Oreille, ainsi il trouvera.
Usant d'un fort courage et de sagacité,
Les brutes du royaume alors il soumettra,
Et tous aux quatre coins retrouveront la paix. »

Sa lecture terminée, l'homme en noir leva le livre au-dessus de sa tête et le maintint à bout de bras. Marie et Aymar de Montfertier baissèrent la tête, comme pour se recueillir. Par respect pour leur seigneur et sa fille, personne ne bougeait. Louis, intrigué, observait en silence.

Cet instant de piété achevé, l'apparition referma le grimoire.

— Je vois à ton visage que ce livre ne te laisse pas indifférent, Louis, déclara solennellement Aymar.

— Oui. Je crois bien reconnaître le Manuscrit.

— Effectivement. Tu dois certainement te demander la raison pour laquelle il se trouve ici, et c'est tout à fait légitime. Cet ouvrage est sacré et je me dois de t'expliquer pourquoi.

Montfertier se redressa sur son siège puis commença :

— Par une rude nuit d'hiver, giflé par un vent glacial, un homme frappa à la porte d'une vieille ferme isolée dans laquelle vivait un couple de jeunes paysans. Brusquement réveillé, l'époux se dépêcha d'accueillir le visiteur pendant que son épouse ajoutait une bûche dans le feu de la petite cheminée au-dessus duquel pendait un chaudron de cuivre usé.

Ils invitèrent leur hôte à se débarrasser de sa lourde cape, de son baluchon et de son bâton puis le prièrent de s'assoir sur un banc près de la table en bois afin de se réchauffer devant le feu. L'époux prit place à côté de lui tandis que sa femme versait une louche de potage dans une écuelle puis la tendait vers le nouveau venu. Le vagabond était vieux, mais ses yeux reflétaient encore la force et la vitalité d'un jeune homme de vingt ans à peine.

— Merci, dit simplement le vieil homme après avoir bu une longue gorgée, c'est un délice. La femme sourit au compliment. La voix du vagabond était sourde, mais douce. Je me suis perdu, continua-t-il en réponse aux regards interrogateurs de ses jeunes hôtes. Je pensais arriver à destination plus tôt, mais la nuit et la tempête de neige m'ont rattrapé.

— Vous êtes dans le hameau de Mont-Fortier, dit l'époux et le village le plus proche est à environ deux lieues[57]. Vous devriez passer la nuit ici et poursuivre votre route demain matin, au lever du soleil, en espérant que le temps soit plus clément.

Le vieil homme resta silencieux. Il fixait les flammes en dégustant son potage.

— Vous êtes du coin ?

— Oui. Et non. En fait, je suis d'un peu partout, répondit-il mystérieusement. Je suis un vagabond.

Le jeune époux pinça les lèvres et sa femme mit la main devant sa bouche pour essayer de cacher son inquiétude : les vagabonds ont toujours eu une mauvaise réputation.

— N'ayez pas peur, continua l'homme âgé en apercevant la réaction de ses hôtes, je ne suis ni un détrousseur ni un criminel. Je voyage de ville en ville et je dors chez ceux qui acceptent ma présence.

---

[57] Mesure de distance qui correspond à quatre kilomètres environ.

Il reposa l'écuelle sur le rebord de la cheminée puis attrapa son baluchon. Les jeunes fermiers l'observaient sans mot dire. Le vagabond mit son sac sur la table, l'ouvrit et en sortit un vieux manuscrit et un ensemble de petites pierres noires gravées de symboles étranges aux reflets violets.

— Ce sont des runes, prononça-t-il en anticipant une éventuelle question, et elles ne me quittent jamais. Elles sont mon gagne-pain.

Tout en parlant, le voyageur sortit une craie blanche de sa poche et traça un cercle parfait sur la table, puis il fit signe à la jeune femme de s'assoir à côté de son époux. Il prit les pierres dans ses mains, ferma les yeux et murmura quelques mots dans un langage très étrange avant de les lancer sur la table. Elles roulèrent bruyamment puis s'immobilisèrent. Le vieil homme rouvrit les yeux et observa les runes : seulement quatre se trouvaient dans le cercle.

Ses lèvres gercées par le froid dessinèrent un imperceptible sourire.

— Je ne me suis donc pas trompé en frappant à votre porte, dit-il avant de s'assoir lui aussi.

— Qui êtes-vous, au juste ? demanda le jeune homme.

— Mon nom change en fonction des régions : pour certains villageois, je suis *le Clairvoyant* ou *le Voyant* ; pour d'autres, je suis *le Porte-Malheur*.

— Ce n'est pas très rassurant, murmura la jeune femme. Et nous ? Comment devons-nous vous appeler ?

— Aucun de ceux que je viens de citer. En revanche, le terme de *Porte-Bonheur* conviendra parfaitement, répondit-il en souriant. Mais avant de continuer, vous devez savoir une chose : mes runes ne mentent jamais.

Le vagabond rangea dans le sac toutes les pierres qui se trouvaient à l'extérieur du cercle puis ramassa les quatre runes restantes et les disposa en ligne devant la jeune femme :

— Les trois premières, poursuivit-il en les montrant du doigt, sont le bouleau, le loup et le cerf, et signifient respectivement la maternité, la famille et la prospérité. La dernière, quant à elle, symbolise la prophétie, la destinée.

Il se redressa et regarda tour à tour les deux jeunes gens.

— Il y a quelques jours, les runes m'ont sommé de me rendre au hameau de Mont-Fertier. Je ne suis pas ici par hasard et le tirage de ce soir le confirme : vous allez devenir parents d'un garçon au destin exceptionnel. Vous le nommerez Guilhem et vous lui offrirez ce manuscrit.

Le vieil homme ramassa ses runes, effaça le cercle d'un revers de manche et remercia ses hôtes d'un signe de la tête avant d'ouvrir la porte et de disparaître dans la nuit.

Une année plus tard, Guilhem naquit.

Dix ans plus tard, Guilhem consignait dans le manuscrit ce qu'il appelait ses *rêves éveillés*.

Cinquante ans plus tard, ses rêves devinrent des prophéties.

Un siècle plus tard, Guilhem II le Sage, premier seigneur de Montfertier, faisait construire son château dans le village de Saint-Guilhem-la-Forêt.

Son histoire terminée, Aymar se redressa et s'appuya contre le dossier de son trône.

— Une prophétie de Saint-Guilhem s'est aujourd'hui réalisée, continua l'homme en noir, comprends-tu maintenant pour quelle raison ce livre est sacré ?

— Oui, mais cela veut dire aussi que, dès le début, vous saviez qui j'étais.

L'apparition ne répondit pas à la question et se retourna vers Montfertier :

— Il est temps de le lui annoncer.

— Je crois bien.

L'homme en noir acquiesça puis releva sa capuche.

Louis écarquilla les yeux de stupeur.

— Monsieur Hérin ? bredouilla Louis. Est-ce vraiment vous ?

— Oui, Louis. Je ne t'ai jamais quitté.

— Mais comment… ?

— Je suis un descendant direct des Montfertier. Le Manuscrit que tu as vu à la bibliothèque du Donjon et celui-ci sont le même. En te voyant, j'ai tout de suite su que tu étais l'enfant de la prophétie.

— Et la Troisième oreille, demanda Louis ?

— Pour que la prophétie se réalise, tu devais la trouver.

— C'est pourquoi vous m'avez délibérément fait croire que vous ignoriez tout de cette Troisième oreille.

M. Hérin sourit. Il se tut un instant, laissant un silence planant dans la Grand'Salle. Puis d'un commun accord, Peirol d'Alvernhe, Frère Étienne et Aymar de Montfertier rejoignirent Louis. Autour de son cou, l'amulette vibrait intensément. Il la sortit de sous son vêtement et la contempla. Tous les symboles étaient illuminés de leurs couleurs respectives : la croix chrétienne en violet, la lyre en jaune et l'écu en rouge.

Instinctivement, Louis regarda les trois personnes qui s'étaient avancées : une longue écharpe violette pendait de part et d'autre des épaules du prieur ; Peirol portait une livrée de troubadour teintée d'un jaune radieux ; Aymar endossait un bliaud richement décoré au symbole de la seigneurie de Montfertier, un écu représentant une tour dorée sur fond rouge.

— Lève-toi, Louis, dit Aymar d'une voix solennelle, et remets-moi ton amulette.

Alors qu'il s'exécutait, un jeune domestique s'approcha, un petit coussin rouge dans les mains, sur lequel reposaient une chaîne et un pendentif en or. Montfertier saisit le joyau et Louis reconnut les trois cercles entrelacés ornés, en leur centre, de trois pierres précieuses différentes gravées des trois symboles : un écu dans un rubis, une lyre dans une citrine et une croix chrétienne dans une améthyste.

D'un geste cérémonieux, Aymar de Montfertier passa le collier autour du cou de Louis puis se mit à applaudir, bientôt suivi par toutes les personnes présentes dans la Grand'Salle. Louis, gêné, souriait béatement.

— Et maintenant, que le festin commence ! ordonna le Seigneur d'une voix de stentor.

Le banquet battait son plein : les convives riaient et profitaient des spectacles donnés par les jongleurs qui redoublaient d'agilité ; certains chantaient et dansaient au rythme des tambours, des vièles et des flageolets[58]. Les mets raffinés et variés — de véritables œuvres d'art — s'enchaînèrent jusqu'à très tard dans la nuit.

La princesse Marie, assise à côté de Louis, ne cessait de parler, au grand bonheur du jeune garçon. Elle était magnifique dans sa robe blanche et lorsqu'elle faisait glisser ses mains le long de ses tresses entremêlées de fils d'or, Louis ne pouvait la quitter des yeux. Une jeune domestique mit malheureusement fin à ce tableau quand elle lui

---

58 Flûte droite de 2 à 6 trous de jeu. De 2 à 3 trous, il se jouait d'une main pour pouvoir s'accompagner d'une percussion.

tendit une aiguière[59] d'or et un bassin d'argent. Louis ne comprit pas tout de suite ce que la servante lui demandait de faire et fit mine de se vexer tandis que la princesse se mit à rire.

— C'est pour se rincer les doigts, gros bêta !

Marie plaça ses mains au-dessus du récipient tandis que la domestique versait délicatement l'eau parfumée. Louis fit de même lorsque la princesse eut terminé.

— Voilà, ce n'était pas si compliqué que ça, taquina la jeune fille.

Le silence se fit d'un coup : Aymar de Montfertier s'était levé, sa coupe de vin dans la main.

— Buvons à la santé de notre jeune héros ! Par sa ruse et sa sagacité, nous avons pu évincer ces scélérats qui sévissaient dans la région et terrorisaient nos frères et nos sœurs. Au nom des Montfertier, nous te remercions, Louis.

---

[59] Vase muni d'une anse et d'un bec.

Des applaudissements et des cris de joie emplirent la Grand'Salle. Louis, le feu aux joues, tenait sa coupe d'une main tremblante et souriait à toute l'assistance.

Tout le monde se mit à rire lorsque Marie l'embrassa sur la joue.

Toujours sous les ovations, M. Hérin s'approcha de Louis et d'un geste de la main, lui fit signe de le suivre. Ils se dirigèrent vers la chambre seigneuriale et s'arrêtèrent devant la porte.

— Il est temps pour toi de partir, Louis, dit son *enseignant* en posant les doigts sur la poignée en fer. N'oublie jamais : dans tout ce que tu entreprendras, *la Troisième Oreille* doit faire partie intégrante de tes actes. La réussite engendre la confiance en soi. La confiance en soi engendre le bonheur. À très bientôt, Louis.

Sans attendre la réponse du garçon, il ouvrit la porte et poussa gentiment Louis dans une chambre étonnamment sombre.

Lorsque la porte se referma derrière lui, il se retrouva dans l'obscurité la plus totale.

Épilogue

Le Donjon,

Jeudi 21 décembre 2017

Je suis en vacances depuis hier et je prends enfin le temps de t'écrire. Je connais ta patience et je suis persuadé que tu ne m'en voudras pas.

Tu sais, beaucoup de choses ont changé — ou plutôt évolué — depuis environ trois mois. C'est la première fois que je vais à l'école sans avoir la boule au ventre. D'ailleurs, et tu vas être fier de moi, M. Hérin m'a félicité devant toute la classe pour mes très bons résultats obtenus au premier trimestre !

Maman va beaucoup mieux. Elle travaille à nouveau. M. Hérin lui a trouvé un emploi à la bibliothèque du Donjon. Et surtout, elle n'a plus besoin de prendre ses médicaments. Nous sommes devenus très proches tous les deux et elle ne cesse de me remercier : selon elle, c'est grâce à moi que, désormais, tout va bien.

En fait, c'est depuis que j'ai découvert la Troisième Oreille. Tu dois forcément te demander ce que c'est. Ou peut-être pas, qui sait ? Dans une prochaine lettre, je te raconterai mon « voyage ».

Mais aujourd'hui, je veux juste t'expliquer ce qu'est cette fameuse Troisième Oreille. Pour cela, je vais faire le lien avec la musique : dans un orchestre, chaque musicien possède trois oreilles différentes.

Imagine que tu joues de la clarinette dans un grand orchestre : pour écouter ce que tu es en train de jouer, tu utilises ta première oreille.

La deuxième oreille t'est utile pour exécuter ta partition en harmonie avec ton pupitre, c'est-à-dire que les musiciens qui possèdent la même partie l'interprètent à l'unisson.

Enfin, tu te sers de la troisième oreille lorsque tu prends en compte les autres musiciens et donc les différentes mélodies qui constituent l'œuvre dans son ensemble.

Ainsi, il est facile de transposer cela dans la vie de tous les jours. Dans tout ce que l'on entreprend, la réussite s'appuie sur trois principes essentiels et indissociables : fournir un travail personnel sérieux et consciencieux ; collaborer de manière intelligente pour mettre en œuvre un objectif commun ; écouter et respecter les points de vue de chacun afin de prendre les bonnes décisions.

Voilà. Présenté ainsi, cela paraît élémentaire, voire évident. Mais l'appliquer quotidiennement est bien plus laborieux. Désormais, j'arrive à mettre un sens sur cette phrase que tu me répétais tant : « un travail constant vient à bout de tout ».

J'arrive au terme de ma lettre. Je t'écrirai plus longuement la prochaine fois, je te le promets.

Je t'aime, Papa.

Au moment où Louis posait son stylo, sa mère frappa à la porte de sa chambre.

— Chéri, tes amis viennent d'arriver.

— J'arrive, maman.

Louis ouvrit le tiroir de son bureau, prit son amulette, et rangea sa lettre. Les rayons de soleil matinal traversaient les pierres précieuses du pendentif et reflétaient sur le mur les nuances jaune, rouge et violette. Il sourit, enfila son collier puis quitta sa chambre.

Assis sur le canapé du salon, Amaury et Hervé buvaient un jus d'orange. Ils se levèrent lorsque Louis atteignit les dernières marches puis ils s'étreignirent chaleureusement. Soudain, la sonnette de la porte d'entrée retentit. Louis se précipita pour ouvrir et tomba nez à nez avec Marie. Il n'eut pas le temps de lui dire bonjour qu'elle l'embrassa sur la joue.

— Bonjour à toi aussi, plaisanta Louis.

— Si tout le monde est là, nous pouvons partir, annonça sa mère en saisissant la clé de la voiture.

Louis regarda sa maman : elle était ravissante dans son grand manteau carmin, sa robe violette et son écharpe jaune. Il se jeta dans ses bras et la serra très fort. Puis il s'approcha de Marie et lui prit la main.

— Merci à tous d'être venus, prononça-t-il, heureux, mais dépêchons-nous, la route est longue !

— Ce n’est pas grave, dit Amaury, nous sommes en vacances !

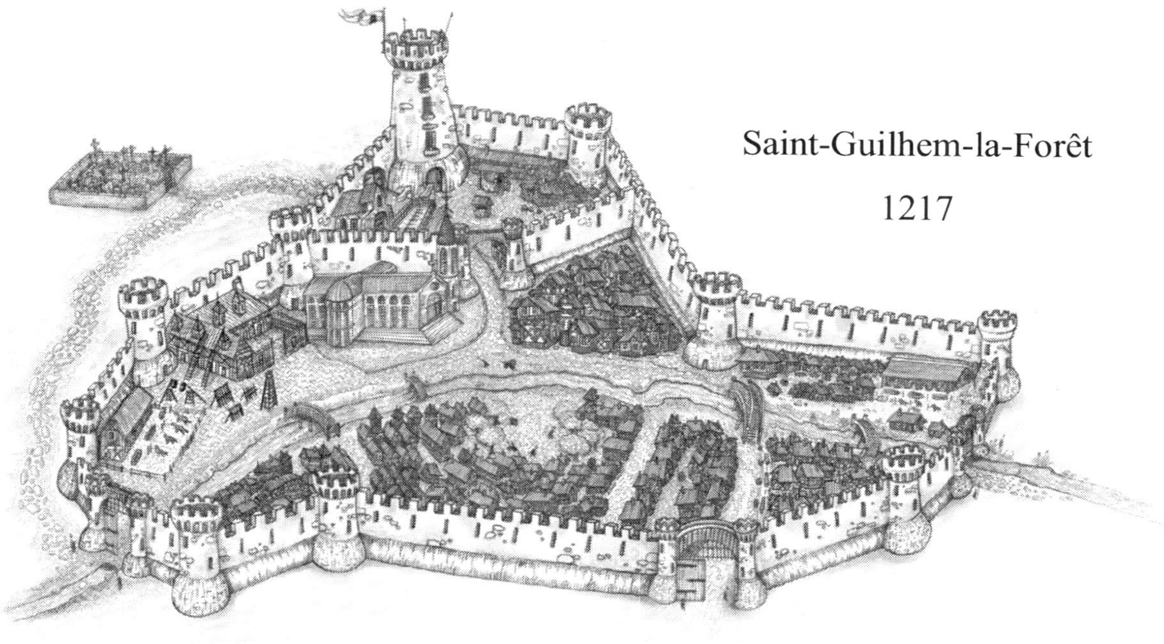

Saint-Guilhem-la-Forêt

1217

REMERCIEMENTS

À mes parents : merci pour tout, tout simplement.

À ma femme, pour avoir harmonieusement composé les premiers accords de cette œuvre.

À Stéphane F. et Christophe C., pour leur rigoureuse relecture, leurs conseils et leurs judicieuses remarques.

À Cédric V. pour avoir soutenu, je cite, « *un jeune auteur talentueux* » !

Printed by Amazon Italia Logistica S.r.l.
Torrazza Piemonte (TO), Italy

40827189R00136